让时光逆流

李忆林子 著

中国文联出版社

图书在版编目（CIP）数据

让时光逆流 / 李忆林子著 . -- 北京：中国文联出版社，2016.12（2023.3 重印）

ISBN 978 - 7 - 5190 - 1971 - 6

Ⅰ.①让… Ⅱ.①李… Ⅲ.①散文集—中国—当代②杂文集—中国—当代 Ⅳ.①I267

中国版本图书馆 CIP 数据核字（2016）第 302829 号

著　　者　李忆林子
责任编辑　王　斐
责任校对　贾文梅
装帧设计　中联华文

出版发行　中国文联出版社有限公司
地　　址　北京市朝阳区农展馆南里 10 号　　邮编　100125
电　　话　010 - 85923025（发行部）　　85923091（总编室）
经　　销　全国新华书店等
印　　刷　三河市华东印刷有限公司

开　　本　880 毫米×1230 毫米　　1/32
印　　张　6.25
字　　数　231 千字
版　　次　2023 年 3 月第 1 版第 2 次印刷
定　　价　58.00 元

看一朵花如何在清晨绽放
（序）

张楚

读完李忆林子的这部书稿，感觉像是看了一部悠长的、温馨的、散发着阳光味道的纪录片，开始是黑白的，后来渐渐变成暖暖的亮色。是的，这是一个孩子的成长故事，每一个镜头都见证着林子的脚印，有深有浅。从6岁稚嫩的日记到少女时代对生活细腻敏锐的洞察，我仿佛见证了一颗花籽儿是如何从埋进土壤到拱出嫩芽到伸展新枝，最后绽放成复瓣蔷薇的。

这是一个女孩的心灵史，它琐碎、温暖、有着雨后植物的清芬。读她儿时的日记，我往往忍俊不禁，比如她6岁时写道："我去深圳，看见深圳就像夏天一样！可是大人们说，na是冬天！可是花朵还在开，草还长，这是夏天？"完全是懵懂纯净的眼睛在看世界；8岁时写道："数学卷子里有一道题：'你一顿饭要吃()()'，我填了个'1000克）'。回到家，爸爸笑我：一顿饭吃了一公斤！哎呀，还真是搞笑，不过这么看来，有人比我可厉害多了——我们班的那个大胖子安国良先生他竟然填了'2500'克！现在想想，难怪他那么胖！不过不好玩的是，吃多了的这一顿，害得我被扣掉了两分，最后只得到 98 分！”看出是个小大人了，对事物有了分析能力，更难得的是还学会了自嘲，文笔间有着小小的机锋；九岁时就很会编故事，在《迷路的小兔》中，她总结出在困境中要争取朋友的帮助这个道理；10 岁的时候开始对世界有了质疑，所以在《美丽瞬间》里她要赞美那个把苹果核扔进垃圾桶的小女孩；十一二岁的时候她开始读《城南旧事》和《青铜葵花》，隐约初见少女情怀，在《衣服鞋子的悲观与乐观》中，她已然在自问，我真的是一个悲观主义者吗？……可以说，从林子孩童时代的文字，我们可以勾勒出她从稚嫩到渐渐成熟的心灵轨迹，这个轨迹让我们成年人心生恍惚，难免会由人推己——我们从一张白纸到满纸斑斓，失却的仅是一颗童心吗？

在林子少女时代的文字里，世界开始立体起来。如果说童年时代是扁平的、单色的，那么如今已经是个三维彩色世界。这个世界在林子眼中逐渐清晰，似乎正在显现它本来的模样：有欢乐苦恼、有哀伤悲切，也有迷惘追忆。这一阶段的文章，题材涉及广泛，有人物速写、有游记、有读书笔记、有影评，还有对岁月罅隙里暗影的描摹和打量，可以说，这些文字真正显示了林子的文学才华和人生体悟。

在人物随笔里，我读出了林子宽宏体谅、敦厚温静、甚至是悲天悯人的情怀。在《地铁里的歌手》这篇散文中，她描写了银丝交错、随身携带着大编织袋的女人，刚运动完浑身是汗的赤膊男人。在描写他们时，林子表现出的超越同龄人的洞察力让我惊讶、窃喜。而那个缺臂短腿、面部毁容的流浪歌手出现时，她对自己因为懦弱而没有施舍的怜悯之心进行了反省和诘问，掏出的硬币再次掉进钱包的闷响，让我想到了鲁迅先生在《一件小事》中对皮袍下的"小"的自省。林子用她毫不掩饰的自剖对现代都市的精神冷漠进行了自觉或不自觉的鞭挞，这对一个十几岁的女孩来说，是多么难得朴素的美德。在《小店》里，林子对一男一女的世相进行了速写，她手法娴熟，有着张爱玲般的冷眼和机智，为何这一男一女如此这般？被生活压榨下的他与她，有着如何不堪的命运和来路？林子没有去猜度，却让我们按捺不住好奇之心。在这短短的文字里，我读出了林子对人情世故的体察和无奈。《保安》《包子的味道》《卖蛋挞的女孩》可能写得早些，有稚气，可是在对普通人普通事的描写中，遮掩不住林子对这个世界的爱与理解力。可以说，林子的这一组人物素描展现了她不凡的观察力和仁义之心。这个世界上有文学才华的人浩如繁星，能否成为经典作家，其实有条亘古不变的衡量标准：那就是看谁更有情怀。无论是从莎士比亚到狄更斯到戈尔丁，从托尔斯泰到陀思妥耶夫斯基到帕斯捷尔纳克，还是从梅尔维尔到福克纳到莫里森，无不对这个残破的、不断修补的世界怀以真情和热望。他们从不对这个世界说不，因为他们知道在黑暗的宇宙中，绝望是如何的一剂毒药。

林子的读书笔记也味道十足，从中可以窥探到她对世道人心的理解。在《我与地坛》的读后感中，她从史铁生谈到美国伤残士兵直面残缺裸体出镜展示性感自信，对"我常以为是丑女造就了美人，我常以为是愚氓举出了智者，我常以为是懦夫衬照了英雄，我常以为是众生度化了佛祖"进行了递进式解读，角度刁钻。而在《宗教之于克洛德》《恢复些"兽性"吧》以及《尊严与需求》中，林子对《巴黎圣母院》的文本分析让人耳目一新，她对克洛德的宗教属性、卡西莫多的尊严属性、格兰古瓦的哲学家属性进行了深度剖析，观点犀利，才华尽展，她说："卡西莫多用丑陋博得众人的拥戴，与格兰古瓦用戏耍获取生活所必需两者无异，只是前者似乎只是在清醒中混沌了会儿，而后者是在不自知的混沌中误以为清醒着"，可谓鞭辟近里。更难得的是，林子在《良心和勇气》中，对巴金《随想录》的赞誉和人性的反思，以及文字后面难言的愤怒，让我对她委实心生敬畏。她说："集体忘却顾名思义，不愿意面对自己的历史，并且默许删除历史记忆的行为，这是刚才说过的第一种人的做法，顺着潮流，我良心安定下来，然后地球照转时间照走，然后历史就跟着跑丢了。这种心态似乎没什么可说的，但对于一个国家的历史来讲，这一次做出反省忏悔的机会错过了，曾经再惨痛的历史，没有达到警醒世人的作用，悲剧，总是会重演！"这话从一个女孩笔下流淌出来，掷地有声，简直让某些擅长选择性遗忘的国人无地自容！

　　林子还写了很多游记和有关亲情、友情的随笔。这些小文清新朴雅、饱满深情，不再详述。最后我想说说林子的语言。毫无疑问，她是个极有语言天赋的孩子。她的语言有冷冷的、克制的深情（"我一个人，来回在 U 字形的走廊里，边吃东西边走，那天没有被挖掘出来的一点儿惆怅，也不期于今日在这钢笔尖儿头相遇"——《流淌的记忆》）；也有华彩的精准的描摹（"矫健的身体自车把、车蹬向上挺起，直直地、毫不畏缩地俯冲下去；有时候竟还要张开双臂，衣衫都被风涨成一轮满帆……我想那一定是把又重又硬的山风抱了满怀"——《男孩子的山坡》）；有简洁有力的白描（"天是最干净的蓝，云被撕成一絮一絮的"——《少年风采》），也有繁复如浮雕的精琢（"路过的那片荷叶地，枯瘦焦黑地折了头。佛香阁镇静地坐守在万寿山前，晦暗的橙，浓墨点的绿，隔着冰层看下去，昆明湖水黝黑得深不可测。我似乎看见了掏空了的颐和园"——《冬日的颐和园》）；有萧红式的对人物细腻豁达的凝视（"在他说'没有单位敢要我'的时候，我惊异地发现他低着头，如洞一般的嘴紧合着向上翘起。我回了回神，他已经走到我面前，那只断臂在我眼前晃来晃去，'我是来正当挣钱的'"——《地铁里的歌手》），也有张爱玲式的狠而准的俯瞰（"她习惯性地交叉着双脚松垮垮地站着，大有一派看好戏的样子，只有必要时才插上一句嘴，但字句都让人无言以对对，似乎要把人逼入死角。她的确有着一副干练的样子——简练的短发，一点也不拖拉，但发型十足像个成熟饱满的柿子椒"——《小店》）。我不知道林子平时都喜欢读什么书，是否喜爱小说这一文体，我只是感觉她对人物的观察、猜度、描摹的精准度，已颇具小说家的气势和自信。

作为一名还在上高中的女孩，林子让我对她的未来文学之路充满了希冀——如果她真的有此心意。当然，也许她只是把文学当成自己的业余爱好，或精神生活的一部分，这也没什么不好。一朵在清晨徐徐绽放的花朵，除了沐浴旭日的和暖与晨风的沁润，还要迎接骄阳的暴晒和星空的幽暗。让我们在这里祝福林子，愿她如凰栖桐，如蚌入水，亦如西蒙娜·薇依所言，在思考、冥想、行动这三种方式中，愈来愈接近她的梦想和荣光。

2016 年 5 月 16 日于人大北园

张楚，河北唐山作家，中国作家协会会员，为河北文坛"河北四侠"之一。曾当选为第二届河北省"十佳青年作家"，荣获《中国作家》"大红鹰文学奖"、《人民文学奖》短篇小说奖、林斤澜短篇小说奖、第十届及第十二届河北省文艺振兴奖、《北京文学·中篇小说月报》奖、《十月》青年作家奖等。2011 年入选"未来文学大家 top20"，2012 年被《人民文学》和《南方文坛》评为"年度青年作家"，2014 年荣获第六届鲁迅文学奖短篇小说奖。主要代表作：《良宵》《樱桃记》《七根孔雀羽毛》《夜是怎样黑下来的》《野象小姐》等。

目 录

楼宇间有夕阳的余晖，近处的青山黑些、远处的红些，顶上是赤焰色的，然后渐渐趋于平淡……

我走在路上，一直遥望着那一隅，一直高昂着下颌。有路人看见我的神情，也顺着我的目光好奇地望去……我简直想拽住他们的衣襟大喊："先生们，你们没见过夕阳吗？！" ——林子

求索青春

《随想录》在我看来，首先表达了一份良心和勇气。这是我的一篇课堂演讲稿。

良心和勇气

大家好，今天我要介绍的是巴金的《随想录》。

昨天我一边写这个演讲稿就一边特别不开心，首先是巴金先生已经把能说的都说了，再就是我一直觉得，我和我们这些没有切身经历过那个时代的人，今天来批判谁或谁意志不坚定，谁或谁错了还不赶快忏悔，有点儿站着说话不腰疼，所以今天我只对"忏悔"这件事儿做一个相对客观的评价。这个话题比较沉重，希望我不要把各位讲睡着。

说到《随想录》，一定逃不开有关巴金先生的话题。巴金出生于1904年，清朝的最后一点小尾巴，逝世是2005年，当时101岁，非常厉害。

讲到巴金，很多人的第一反应就是——噢，就是"文革"时候屈服过的那个老头！这是一个事实，巴金先生自己也承认说："那些年，我就在谎言中过日子，听假话，说假话。起初把假话当真理，后来逐渐认出了虚假；起初为了'改造'自己，后来为了保全自己；起初假话当真话说，后来真话当假话说。"

关于巴金先生的人生中，尤其是在他长达半个世纪的写作生涯当中，对"文革"期间种种的忏悔也是相当重要的一部分，而忏悔实质性的结果就是《随想录》的诞生。

我们说有些人不忏悔，他们把一切过失归咎给时代，这确实是一种在时代大潮下让良心解脱的方式。但不同的人有不同面对这些事的方法，巴金说："分是非、辨真假，都必须先从自己做起，不能把责任完全推给别人，免得将来重犯错误。"我们从这句话开始，看看这个"20世纪中国文学的良心"，其良心究竟在哪里。

巴金先生写道："我在写作中不断探索，在探索中逐渐认识自己。为了认识自己才不得不解剖自己。本来想减轻痛苦，以为解剖自己是轻而易举的事，可是把笔当作手术刀一下一下地割自己的心，我却显得十分笨拙。我下不了手，因为我感到剧痛……五卷书上每篇每页满是血迹，但更多的却是十年创伤的脓血。我知道不把脓血弄干净，它就会毒害全身。我也知道，不仅是我，许多人的伤口都淌着这样的脓血。我们有共同的遭遇，也有同样的命运……"

其实"挤脓血"是我们今天相当常用的一个比喻，但是少有人，能够做到像巴金先生这样，利用自己现身说法、解剖麻雀，但这就是良心。

所以听完这段话，同学们觉得忏悔容易吗？剖心挖肺袒露你曾经最为罪恶的阴暗面，解剖自己让自己看看再给别人看看，你敢吗？说句题外话，我看到忏悔如此不易，真的犹豫今后还应该用"扔鸡蛋"的态度来对待那些不忏悔，或者悄悄愧疚着的人吗？

书归正传，我们刚刚说到的两种态度，无论是"忏悔"或是"不忏悔"都是为谋求解脱，那么我们这么赞扬巴金先生的"忏悔"肯定不仅仅是因为他有这份勇气，我想，放大了来说，还会涉及对于历史的集体忘却和历史被抹去两个方面。

集体忘却顾名思义，不愿意面对自己的历史，并且默许删除历史记忆的行为，这是刚才说过的第一种人的做法，顺着潮流，我良心安定下来，然后地球照转时间照走，然后历史就跟着跑丢了。这种心态似乎没什么可说的，但对于一个国家的历史来讲，这一次做出反省忏悔的机会错过了，曾经再惨痛的历史，没有达到警醒世人的作用，悲剧，总是会重演！也许我们会说，随着人们思想的变革更新，不会再有第二次"文革"；但不再有"文革"，并不意味着不会有相同本质问题的出现。

再一个，关于历史被抹去。我们之前已经把"政治为了自己的目的而刻意淡化历史的某一部分"来来去去讲了很多遍，但包括巴金先生的忏悔在内，他在向我们传达一个信息，就是：别忘记你是一个人，和你有关的是人的历史、甚至人性的历史。所以负不负责任地讲历史，自己看着办！"

我在读《随想录》的时候，注意到巴金先生经常提到一句话，就是"要建一座'"文革"博物馆'"。所谓'"文革"博物馆"，我前天在豆瓣上看到各种评论的时候，就有一个我想很恰当的解释——"想建一个官方的博物馆，巴金先生再多活十年恐怕也实现不了；我更希望看见一个民间自发建立的'"文革"博物馆'，在那里，除了历史，不存档任何官方陈述。"

啰唆了这么多，讲了这部中国的"忏悔录"对于巴金个人的意义，对于还原历史的意义，最终想说，它对未来、对所有巴金先生的读者、对于我们的意义。其实以上讲的内容都可以归于对后人意义的一部分。

理性的话也说够了，就借巴金先生的一句相对感性的话作为结束。巴金先生在回忆少时家中煮蚕的时候，想那个蚕茧在锅里煮着，还不断地吐出丝来。他说："我是春蚕，吃了桑叶就要吐丝，哪怕放在锅里煮，死了丝还是不断，为了给人间添一点温暖。"

所以，希望有兴趣的同学可以来读一读《随想录》，我们真的可以从中看到，一位 80 岁老人的良心和勇气。

谢谢大家！

他是个残体，但是个精神的勇士。史铁生，一个铿锵有力的名字。

就命运而言，休论公道！

——《我与地坛》读后感

该怎样去说"残疾"这个话题？史铁生知道吗？他痛、他怨、他醒、他悟。我想，即使顿悟了，他亦不会喜欢上残疾，它听起来毕竟不那么美好，但他也许会欣然接受这样一份由残疾带来的沉重责任：看来差别永远是要有的，看来就只好接受苦难——人类的全部剧目需要它，存在的本身需要它。

"我常梦想着在人间彻底消灭残疾，但可以相信，那时将由患病者代替残疾人去承担同样的苦难。如果能够把疾病也全数消灭，那么这份苦难又将由（比如说）相貌丑陋的人去承担了。就算我们连丑陋，连愚昧和卑鄙和一切我们所不喜欢的事物和行为，也都可以统统消灭掉，所有的人都一样健康、漂亮、聪慧、高尚，结果会怎样呢？怕是人间的剧目就全要收场了，一个失去差别的世界将是一潭死水，是一片没有感觉没有肥力的沙漠。"

史铁生把世上的好坏事儿尽都排了个序，或者说我们都在不自觉中给它们排了个先后优劣，就好像生理痛痛极时，我就想曾经时时隐忍缠绕我的胃痛也是好的；当腹腔中的胃脏器肆意时，我又忍不住想人活着身体舒服就是好的；身体舒服了然后想更无忧，再后想更自在……

处于那最糟糕的"底层人"总是想往上逃的，他也许根本不懂稍浅一级的痛苦的人是不是也有其缠身的恶疾。痛点是痛的，而这逃亡更像是人的本性、人的宿命。

现代的技术之发达可以使一部分人越发蔑视宿命。残疾的人经过手术重整形貌；疾病通过药品完全治愈；丑陋或者有微小的瑕疵，整容整形在成功的彼岸等着你……

但史铁生说的"休论公道"显然不是针对这些，没有什么事有绝对的无奈，残疾中生出健美也未尝不可。

那条新闻原本只是万千娱乐新闻中的一条，但最终意外地被我纳入空空的收藏夹中——"美国伤残士兵直面残缺裸体出镜展示性感自信"。新闻照片的主人公是一群在中东战场上受伤截肢的美国士兵——从第一个吃螃蟹的人开始，没有羞涩和难堪，只有他们袒露的古铜色的强壮、线条分明的躯干以及各色各样的文身和勋章。就像新闻编辑叙述的那样，他们相同的部分是"不可一世的自信、强壮以及性感"，仿佛战场上的军魂又回到了他们身上。看过照片，几乎所有人都极为认同这样的感叹——没有人对暴露出的残缺表示厌恶，没有人把一丝不挂视作色情。反之，它赋予视觉强烈的美感和气概，足以将一切不堪消弭。同样，士兵们在看到自己的照片之后都被震撼了，以至之前有一个不允许公开照片的士兵，拿到照片后即刻改变了决定。摄影师特别提到他，摄影师说从照片上看，他是如此性感和帅气，就像个英雄！

　　强健的体魄源于先前的历练，内敛的骄傲来自过往的勋章。但我相信——没有坚持锻炼、没有重振精神，不可能保有那样的肉体和气魄。他们没有好运能将命运逆转，就像史铁生，不能重新长出健全有力的双腿。他们最终都欣然接受了保留了那"最糟不过"的部分，缺少下肢的就去练就健美的上肢，缺少右臂的就去努力使左臂更强壮。而对身体无望的史铁生，选择磨砺精神，开拓思想！所以我想，不是史铁生是个残体，而是史铁生是个精神的勇士！

　　"我常以为是丑女造就了美人，我常以为是愚氓举出了智者，我常以为是懦夫衬照了英雄，我常以为是众生度化了佛祖。"

　　感谢史铁生，我也这样以为。

因为饰演蘩漪，再次认真阅读了《雷雨》小说，对蘩漪这个女人有了更多理解和同情。

我看蘩漪

这次《雷雨》的话剧表演，我们有幸分到了剧本的第二部分，这一部分包含了蘩漪与下人的相处，有大段与周萍、周朴园的冲突，与鲁妈的交谈，甚至还囊括了一段珍贵的蘩漪自白……更为幸运的是，在演出消息下达的瞬间，我们组的同学一致认定我该出演蘩漪，我也非常高兴能够担任这一富有挑战性的角色。在着实为数不多的彩排当中，我也越发地能够触摸到、感知到一个丰满的、沉重的女人。

周五下午，我们组完整进行了一次剧目的排练，其中蘩漪与周朴园的对话是极难掌握的一段。好一个心思沉重的太太！前些时还与鲁妈交代送四凤回家的事儿，那时她是高高在上却同时拥有大户人家气度的，她的语气会在不经意间流露出不屑和傲气，但却包含着对同辈和年长者的和蔼——谈笑间，寥寥几语，便可扭转别人的人生。太太真是好风度！

然而，紧接着便是蘩漪与周家家长的简短对话——周朴园的突然出现使蘩漪气息一紧一沉，气焰也相应地有所收敛。蘩漪无论从社会背景，还是"小太太"的身份来讲，抑或只就周朴园对蘩漪长期的抑制和忽视而言，都应当是存有些许畏惧的。老爷在前，谁又敢当大？朴园问蘩漪为何还不上楼见大夫，蘩漪道："上哪儿（故意地）"？她这时心中不满的郁火还没有被完全挑起，只是对一次次看病感到不耐，同时她虽已心系于周萍，但仍不甘心作为一个年轻女人被男人、被丈夫忽略，她迫切地要和周朴园对着干！"上哪儿"这三个字代表了女人的挑衅。"克大夫，谁是克大夫？""我的药喝够了，不预备再喝了。""我没有病！"这三句话则随着朴园的不断催促，挑衅少了，多了克制和隐忍。而当朴园明确指出她有神经病时，蘩漪的怒气和怨气刹那间爆发出来——"谁说我的神经失常？你们为什么这样咒我？"她一遍遍地重复，"我没有病！"轮到了周朴园的冷酷——他的眼光终于再不向着周家的太太。女人啊，面对这样一个对自己不再有一丝怜惜的男人，再去撒娇撒泼，得到的只会是更多的不屑一顾啊！"哼，我假若有病，也不是医生能治得好的。"女子的身躯到底单薄，气极之后只留这一句，也是她最后的尊严。

蘩漪是懂她自己的，懂这"病"的来源是什么！来自社会的黑暗，来自周家的肮脏，来自丈夫的忽视，来自周太太的压抑，来自对周萍那一份欲求解脱而不得的感情，来自一次又一次的恶性循环……然而，她又是不懂自己的。我想，她这样的闷、这样的热应已是病入膏肓，她极力想挣脱的牢笼，真就没有一点真心真情留存？她苦苦追寻"极乐天堂"，真的不是"飞蛾扑火"吗？她的行为尚可，心绪却已变化无常、扑朔不定了。

这最后一句也正是令我最难以演绎的一句。"哦！（好像不明白似的）你看你（不经意地打量，尖笑两声），你简直叫我想笑（轻蔑地笑）。你忘了你自己是怎么样个人了！（又大笑，由饭厅跑下，重重地关门）"在短短的一句话中，繁漪变化了三种笑，轻蔑的笑尚好掌握，尖声笑和大笑究竟怎样？每每念到了跟前，我便会欲言又止，举棋不定。

　　不知不觉，我已成繁漪，那个令人心生怜爱的女子。

这是期末考的一篇有背景的半命题作文，老师以年级范文的形式给予了肯定。

丰富的知识有利于推进特长的发展

曹雪芹因其在诗词和医学方面的丰富知识，创出书写时代的《石头记》；苏东坡精通诗赋书画，因此成就了一代名家。老舍先生的话固然正确，但把其适用的对象误读而拘泥于"作家"则万万不可。对于我们普通人而言，丰富的知识储备不仅不会侵占其他领域发展的空间，而且它是对个人特长发展有积极作用的绝佳推动力。

丰富的知识能够促进对专业知识的理解。作为一名文科生，我认为很多理科生对于文科的误解在于——文科研究的对象过于抽象，仿佛在生活中没有用武之地。理科生习惯将丰富的人文社科知识拒之门外，似乎是为留出更多的时间钻研"科学"。对此，我想说，文科知识其实十分有助于理科知识的理解，它会提供理科生一种科学的思维方法。比如，学好哲学就有助于数学学科的学习。

本学期数学课我们接触了斜率，知道了当直线与 x 轴正半轴的夹角稍稍越过 90 度，直线的斜率立即由"＋∞"转为

"$-\infty$"。这正是哲学陈述的"真理"之概念——超出一定的条件和范围，即使方向是正确的，真理也会即刻沦为谬误！单纯利用数学知识，许多同学难以辨清这一点；但如果借哲学之力来理解，疑惑似乎会马上烟消云散。所以，未来意欲在特长上有所发展的人们，多方面多角度丰富自己的知识，才是真正把握自己的"金刚钻"的有效途径。

丰富的知识能够提升专业创新能力。丰富的知识有助于开拓眼界，增强人们在其特长方面的创新能力；丰富的知识将赋予你更多的想象和联想空间，赋予你更多的灵感，让你丢弃陈腐旧套，成为开拓创新的"敲门砖"。所以"点子"多的人，往往是知识和阅历极其丰富的人。

反之，单一推崇某一领域的知识，而不具备其他领域的基础知识和经验，人的视野和思路会变得越来越狭窄。当你扬扬得意地走在"特长知识"的路上，终有一天你会突然发现行动和思维已然落入瓶颈，这好比走在狭窄的独木桥上，你将如何择路而行？停滞不前，还是决然侧身，选择绝望？一座孤独的桥总有摇摆不定、不知前路的一天，是否能绝处逢生，其结果在出发时既定。因此，抬起头来，让知识丰富你的视野，到另一条道路上走走，它会给你带来不一样的发现和启示。

条条道路通罗马，用知识构架多种桥梁，尝试在不同的道路上阔步前行，一定能达到你心中的梦想之地！

爱情多种多样，我希望的是一种唯一的、天长地久的、相濡以沫的、奋不顾身的爱情。

关于爱情

江山美人，大约是古代帝王们最高的追求；权倾一时、美人多才更能体现他的"魅力"。"专"了，反倒不为人所理解。上课时同学最后讨论的"妃子愿意爱上皇帝"的问题，我是持认同态度的。

爱、爱情是不知多少种因素的糅杂，妃子被一命诏召到宫中，随后对皇上滋生满腔柔情，是很有可能的。后宫中能见到的男人少，有魅力的男人就更少。"有魅力"不是指貌似潘安，而是能够坐拥天下的人，多少总会有一种霸气沉着的魄力；又是处在那个性别寓意分明的时代，娇柔崇拜刚强，心生爱意，实在再正常不过了；再加之人一般都会被自己主观想法主导，客观上能够听闻的消息又片面，每日耳闻那人的言行，每夜幻想那人的好，皇上怎样不动人？这种爱更像是一种依靠，一种信仰，但无论成因如何复杂，但依然属于爱情。

再来具体说说唐明皇和杨贵妃，我愿意相信他们之间是有爱情的。

正如上文所述，皇上和妃子之间的爱情必定掺杂了一些不单纯的因素，尽管如此，《长恨歌》中一些细节是唯独属于爱情的，如帝王的悲泣、苦苦思念，如贵妃的徘徊以及脉脉含情。

有同学说，唐明皇对杨贵妃的爱实际上无异于对一件物品的喜爱。我想表面上看来的确是这样的。他对贵妃夜夜专宠，仿佛是对一件珍品爱不释手，当危机来袭，便将她丢弃。但这不科学！杨贵妃从 22 岁的年轻少妇变为 38 岁的半老徐娘，16 年的朝夕相伴足以印证唐明皇的长情。心爱的物品也会有腻味的时候，而不得不放弃时竟有"血泪相和流"！即使这一句也许包含文人的想象在内，但一个普通男人因悲痛至泪流的实在少见，当众的少见，帝王则几乎不见，这时的思念便不仅仅是怅然若失了。这样看来，贵妃又怎样不动人？这实在令我对"不爱"的说法越发难以释怀。

没有爱，如何"含情凝睇"？贵妃的自我了断，我想是否为唐明皇所迫并不重要，重要在于我在"徘徊"中看到了不舍和无奈，没有女人不会悄悄地期盼她的爱人把她放在第一位？然而也没有人会为了儿女私情全然不顾家国大业，何况杨贵妃？徘徊，是缘于对那人的爱慕和无解的轻怨。

用这样的理智来分析爱情，实在是感到罪恶。

我想我的爱情观就是这样，同时拥有理想主义者的祈愿，以及相当程度的理性，两方面在头脑中不断交战，也从未能断决孰是孰非。

大约是小时候被公主故事毒害太深，我甚至到现在依然期盼一份唯一的、天长地久的、相濡以沫的、也有奋不顾身的爱情。这种想法逐渐转向现实，是读了一篇关于爱情和亲情的文章之后。作者说经研究发现，爱情只能维持短短几个月，之后的联系，完全是依靠习惯，把爱情转化为亲情。这几乎造成了一种恐慌——爱情太脆弱，爱情竟不可能成为一辈子的事……包括现在的电视剧，他们总把婆媳互相讨伐作为故事的主线，向我强调爱情之艰难。我只好这样想：不要过度夸大爱情，我需要平淡与和美，有一天它会悄无声息地结束，而我没有失落和空乏。还有，当爱情走向婚姻，但愿我有一个好婆婆。

我希望那人有张看着顺眼的面相，当然我不愿意他会太丑。据我的家人说，我的审美标准基本扁平化，帅的也没太帅，丑的也没太丑。他们总嫌我眼光太低，但我想这反而是我眼光太高的表现，这样可能不好。

我希望那人高大威猛。但事实证明多数人不是鸡肋骨就是孕妇肚，但我坚持"高大"这一点，它更像是安全感的体现。

我希望那人懂些礼数，公共场合不要大吼大叫；除公厕外，也不要抠鼻抠脚；偶尔脏话还可以算男子气概，脏话连篇就像杀马特小混混，最是没品。我难以接受喜欢把自己的丑态展现在他人眼前的人。

我希望那人很干净，在我的文章中几次出现的最高赞誉就是"干净"，起码在外人面前不要太邋遢；起码不要嘴上油滑，内心"险恶"；如果他有一颗赤子之心，甚至有些孩子气，我也更乐于接受。

他不用很高深，但我希望他有一点自己的坚持；他不一定追求事业，我最怕"唐明皇"样的情人，简简单单的生活对我来说更动人。

还有很多……

希望，一切都还是希望。我不期愿有一天它们全部都会实现。也许一个人符合了这全部的条件，爱情却不会降临；也许真正遇到那人时，他其貌不扬，身材矮小，或者粗鲁油滑又阴沉，爱情也会滋长。

　　爱情，随遇而安。

曹雪芹和《红楼梦》是不可分割的一体，文字是躯干，曹先生是灵魂。

《红楼梦》的灵与肉

——观曹雪芹故居有感

既要到惊蛰，该是天气回暖的时节，今天却有些萧冷。奇怪的是，以往倒也常在冬天去植物园，但只是上上下下地爬土坡，未曾像今天一样想起去当中的黄叶村曹雪芹故居看一看。

对曹雪芹先生的了解自然是从《红楼梦》开始的。小时候好奇的只是故事情节，儿童区的简本里除了艳丽的插图，全篇皆是宝玉、黛玉的你侬我侬，只觉了然无趣，现想起也不知该如何作评。这些简本，为了吸引更广泛的人群阅读，不惜"去其精华"，只截取其中的细枝末节，不仅消瘦了原著的时代厚重感，更是生生将曹雪芹先生从书中"抠"去。

相传《红楼梦》正是曹雪芹家族兴旺跌宕的叙写，从今天去的曹雪芹故居中大略可以看出——当年的富贵、锦衣玉食、朝夕落魄、残杯冷炙。一是仙居，一是草莽，却由友人敦诚一句"不如著书黄叶村"相勾连，其中苦难谁人可知。

故居的展厅详述了曹家几代做官的情况，再加之华美的布匹锦缎，不难想象在南方时曹家生活的雍容。黄叶村是栽了几棵歪脖树的小院子。虽有些奇特景致伴随，但到底有些简朴灰败。人最难跨过这道坎儿，曹雪芹先生反是攀援而上——正是这不起眼的小景牵连造就了《红楼梦》中亦真亦假的元宝石，似实似幻的木石前盟；而曹公本人也就此登上了境界之巅峰：重回首不畏惧已逝的繁荣，并将其掩映在当下美好的花木之间，以手抚卷，认真执笔，真正坦诚地反省过往，过好今天。如此坦诚，以至曹雪芹与《红楼梦》成为密不可分的一体。

　　从黄叶村出来回望，草木还萧索，唯有木制的小门孤立在早春的灰蒙中，漆绿的"黄叶村"三字也着实不打眼。

　　我们说，曹雪芹和《红楼梦》是不可分割的一体，文字是躯干，曹先生是灵魂。无论是简本读物还是打得火热新版电视剧，在适应观众和社会的过程中，万万不得将这魂从肉中抽离！

试图从另一个角度去理解克洛德，一个坚持神职而不幸落入"世俗"的扭曲灵魂。

宗教之于克洛德

宗教，原本是基于人们对神明的信仰与崇敬来制定的道德准则，以调整人类自身行为；而教会，正是一个由信仰该宗教的人形成的组织。

这两个名词在我脑海里，常常处于一个极其特殊的地位——尽管我不信教，不知道说得准不准，但单凭从前任何人可以与上帝进行沟通这一点浅薄认识，我想宗教应该代表了一切纯洁崇高与包容广博。

提起《巴黎圣母院》克洛德，就是"没人性""阴险恶毒""伪君子"的骂声连连。但换一个角度想，在某种程度上讲克洛德亦是一名受害者。首先，我要为克洛德澄清——"人之初性本善"在宗教或是非宗教社会都适用。一个严谨简练的男人愿意抚养一个不争气的拖油瓶，整天为其絮絮叨叨，还长久支持那"逢处必作恶"的滑头的经济；一个以纯洁美丽的教堂为支撑的信徒，甘心捡回一个奇丑畸形的弃婴，供其生活，使其与神圣的钟声为伴浣洗心灵。这样的一个人绝不是原本没有人性的人。

但那是路易十一统治时期。当宗教和法律相融为一体，当神的旨意与人的戒律贯穿一气，宗教与法律交叠成沉重的担子，在他肩头施压；神的无私与人的欲求在他脑海里斗争。克洛德究竟只是一个凡人，被迫选择了最为扭曲的一条路——这条路在坚持神职与追随世俗美丽的两支强大力量之间挤压和歪曲，从前处于平衡中的人性被从胸口撵出。人们指责克洛德生性龌龊，而事实上谁又没有过一点儿所谓龌龊的念头！

我想，克洛德追求爱斯梅拉达的初衷是自由和热情，这正是过度的宗教神职从人的肉身上剥夺下来的。克洛德从小学习的神学，使他的所有行为中规中矩，直到一丝不苟地完成所有学科的学业，他的生活才稍稍有些改变。人多念书是好事，其中所学到的宗教神学知识可以使人明辨是非、使人高尚，可以成为自己保驾护航的栏杆，而不是禁锢身心的牢笼。

爱斯梅拉达，一个性格奔放热烈的红裙女孩，正踩着生活的节奏跑着、跳着追求人生的瑰丽高潮。格兰古瓦说，爱斯梅拉达的歌声是完全出于恬适的，是无忧无虑的。于是当克洛德初见爱斯梅拉达，我想克洛德羡慕也嫉妒这姑娘身上所拥有的特质，而博爱的上帝没有教会他如何欣赏、享受这种美，如何使自己内心也达到这样的豁达。信仰禁欲主义又使他误把自由看作放荡！

克洛德痛恨放荡，所以在广场上怒视姑娘的舞蹈，讥嘲佳丽的"巫术"把戏。于是他甚至在真真切切地对无拘无束的姑娘产生了欲念之后，将她陷害，把她囚禁在教堂底部的铁笼，那倒锥形的牢狱正是替他压制自由、挥霍混淆的控诉。

没有人是天生残忍的，而"无人可挡"的宗教正用利爪将人心人性搓圆揉扁。感慨吗？吉普赛女郎是天生的流浪者，而副主教是严酷教会的囚徒。上帝如此广博，却如何将这人间悲剧撒播……

他形似兽、行为似兽、执念似兽，他雄壮有力、直白热情、简洁明了，希望生活中多一些卡西莫多。

恢复些"兽性"吧！

——《巴黎圣母院》之卡西莫多

　　我猜，当少女梦还单纯的时候，姑娘们都想拥有一个卡西魔多，就算是个钟楼怪人。感谢上帝，集其所谓"丑恶"于一身；感谢副主教，使其跌宕于鸣钟之间。他于现实所有，而又超脱于现实，富有所有的力量与纯净。

　　我最喜欢也最心疼"一滴泪报一滴水"一节，在那里洒下的泪会比悲剧的结局更多。我喜欢作者说，"卡西莫多被推搡到石磨的路上，像头小牛犊的脑袋垂在屠夫的大车沿上摇来摇去……在刑吏的鞭打、民众的嘲弄下，像头公牛一样挣扎……"我自然没有把主人公虐得惨惨的癖好，但这些"小牛犊"、"公牛"的比喻，正印证了卡西莫多似"兽"——兽的丑陋，兽的力量，兽的单纯，形似兽，试图以强力挣断绳索，行为亦似兽；尊严不允许和匮乏力量的小人物纠缠，不允许向暴虐的强者低头，执念更似兽。

　　当卡西莫多终于耐不住干渴的折磨，他开始求救。但"凶兽"如他，没有乞讨、没有哀求、没有低头。他吼："喝水！"没有多余的修饰，只有不明主语的祈使句。当被他伤害过的姑娘走上前，他为心上人即将扑面的嘲讽气恼；当水递到唇边，他以凝聚深情的泪珠、以不顾一切的守护相报……我有时真羡慕卡西魔多，他像兽，活得这样简单，他的诉求在两字间清晰明了；他的哭即是哭，爱就是爱，如蜂蝶花间起舞，如乌鸦反哺。

卡西莫多在整本书中出现的频率比我想象得少，但终究没有辜负我对他纯洁无瑕的爱情的向往。他雄壮有力、直白热情，于卡西魔多，我更愿用"热爱"来表达他对爱斯梅拉达的情感：包含着他本人这般兽性的狂热，对一切美丽的追求与崇敬，还有倾其生命的呵护。

也许真是长得像兽的人，性情也随兽，却更加贴近人性的本真。卡西魔多是人类进化史上的一朵奇葩，当人们都学会了鄙夷和迁怒，他依然停留在维持粗鲁的尊严；当人们都熟悉了质疑和警惕，他依旧"许我一瓢，报之万千"。这样的原地踏步未尝不好，其实我们正缺少这些东西———部分被我们所谓的文明摒弃的兽性，实际上指明了你奔走的方向。过度的斯文，百转千回的社交，使我们的心纠结，拐向周围人所期望。

恢复些"兽性"吧！兽，是卡西莫多一生劫难的本源，亦是我们铭记他的始由。

我看他们的尊严，一个只是在清醒中混沌了一会儿，而另一个却是在不自知的混沌中误以为清醒着。

尊严与需求

　　为什么《巴黎圣母院》一书的开头要花大量篇幅描写一场不完整的圣迹剧？显然不仅仅为按照时间顺序从头开始叙述，或者引出格兰古瓦等一众人物。我自然无法深究圣迹剧中劳动与神职、贵族与商品之间有什么寓意，但单从"丑大王"的选举打断剧目演出一事，便可逐渐推论，这是一场尊严与需求的斗争。

　　圣迹剧剧本是用来叙述历史、歌颂宗教的剧目，而在本文开头即被"丑大王"的选举和游行彻底摧毁。"丑大王"卡西莫多形貌极丑无人可比，而他骨子里单纯明白，自己也深深了解这一点——这让他被迫承受人们对其形体的唾弃，以及精神上的侮辱。但在这万圣节和狂欢节重叠的日子里，丑与美可以互相替换、底层与巅峰得以交换位置，乞丐也可以登上歌颂神圣的"大雅之堂"；在这样的混乱里，卡西莫多难免也会禁不住追随一把俗流，用自身的丑陋夺得"丑大王"的"桂冠"，出卖自己的尊严以换取旁人混杂嘲弄的"拥戴"。

卡西莫多这样做了，他十足过了把"牛瘾"，得到了高高在上假装出的满足。而圣迹剧的作者格兰古瓦正是恨极了这一点，他以他诗人、哲学家的"觉悟"，明白这根本就是一场荒谬，他深信、他质问：这样的丑陋和荒谬怎能取代高雅神圣的宗教艺术殿堂？因此他极力挽回这场剧目，妄想使其继续演出；他企图拉回围观群众愚昧的眼睛，强迫性地向两位姑娘求证——世界上还有和他一般热爱艺术与哲学的"雅儒"？

　　当生活受迫，当性命攸关，也许就在唾弃一切乞怜者之后不久，格兰古瓦选择以一位高尚的哲学家的身份，加入鱼龙混杂的丐帮。他所热爱的诗歌、哲学，叫他衣不蔽体食不果腹，又不甘于像犬儒派一般享受这一切，那么追求温饱的欲望正是上帝对中庸者的惩罚。他也因而轻易放弃与圣殿及真理交流，转而成为杂耍的一员——以杂耍为主菜，哲学为小食。哲学家的金口转用来叼椅子，唯一牢靠的下巴用来维持生计。这虚弱的哲学家后遗症，算是上帝对蔑视、抛弃圣典的人的贬谪。

　　当一个哲学家情愿搁下其应有的执着真诚的品质，面对生活变得"八面玲珑"，见人说人话见鬼说鬼话，他已经是被世俗浊气熏陶了。而于一凡人，这些还是不是哲学，就应另当别论了。

　　在我看来，卡西莫多用丑陋博得众人的拥戴，与格兰古瓦用戏耍获取生活所必需两者无异。只是前者似乎只是在清醒中混沌了会儿，而后者是在不自知的混沌中误以为清醒着。

"产婆"式教育，我以为，是意欲用周密的问题锤炼出真金。

苏格拉底与"产婆术"

美德即知识，愚昧是罪恶之源。

——苏格拉底

　　为了治国安邦，为人之善恶，苏格拉底，一位朴实而神秘的古希腊哲学家，开启了他的教育之旅。

　　苏格拉底来自一个普通人家，其母是为婴儿接生的产婆。也正因此，苏格拉底将他此后以"层层引导、推理"为主的教育方式亲切地比作"产婆术"。"产婆术"的具体形式是苏格拉底与他人一问一答，最终将回答者的答案引向正确的方向。苏格拉底引导他的朋友欧提德谟斯了解善行的定义，他的一系列问题系统而全面，使人们最终明白，在包含了不同的人际关系和多种环境的情况下，应该多角度地评价善行——做适合的、对"被施善"的对象真正有利的事。

　　至于苏格拉底带给我们的神秘感，大约源自他的思想全部为他的弟子、朋友们所记述，其中尤为重要的是他最为著名的学生柏拉图。从当今看来，柏拉图似乎处处以苏格拉底为自己哲学研究的指引和出口，他甚至在自己的许多著作当中直接记述下二人的交流内容，或是借苏格拉底之口阐述自己的观点。二者浑然一体，真真叫世人难以分辨两人哲学思想的本原归属。

在《理想国》一书当中，柏拉图正是以苏格拉底为代言人，记录下他与克法洛斯关于"财富与福祉"这一辩题的争论。当文中"下定义"一题再度沉浸于不休而咄咄逼人的发问当中时，克法路斯受不了地质疑："要我说如果你想知道什么是正义，你应该试着去回答而不是去发问，驳倒别人没什么好骄傲的……因为很多人只会发问而不会回答。"

由此可见，柏拉图继承了苏格拉底的"产婆"式教育，意欲用周密的问题锤炼出真金。不仅仅是柏拉图，还有许多鼎鼎有名的哲学家也将"授人以鱼不如授人以渔"的传递智慧的方式留存下来。甚至沿至今天，我们仍在推崇"教师为引导，由学生主动思考学习"的教育理念。由此亦可见，苏格拉底作为哲学家对教育大业的影响之深厚。

上文中提到的克法洛斯对"产婆术"的强烈质疑，我们不禁要想，苏格拉底以及其后世往来仁者究竟为何在教育方面对这一点如此坚定？我以为应是：欲以此挖掘人对人性和自我的好奇，使人摸索着学习分辨黑白、善恶的能力，并最终凭借人本身的智慧和善意，建立公平、有理和充满善性的社会。

《堂吉诃德》是西班牙大师塞万提斯的巨著，花了很长时间阅读，对主人公的认识从嘲笑、不解到尊重。

致最初的善意
——读《堂吉诃德》有感

实话实说，《堂吉诃德》这本书，一直看到上部末，依然没看出它有什么旨意。除了知道它是塞万提斯的一本反骑士小说，书中不断述说堂吉诃德这"骑士"的种种荒唐事，只好在看别人的荒唐事，也算是趣点之一。

不过尽管是在那期间，我对堂吉诃德的看法也是稍有改观的。我曾认为堂吉诃德不过是个走火入魔的疯子、愚蠢之人，把一切他所追求的"骑士行为"全部套用在现实世界里，生活在自己臆想出的生活之中，实则不然。

在小说的上部第二十章中，堂吉诃德和桑丘在草地中听见巨大而有节奏的拍水声，堂吉诃德当即断定将有艰巨的任务等待他，等待着骑士去执行。堂吉诃德的表现是出乎我所意料的，他像往常一般将他忠诚的侍从桑丘撇在安全之地——这次竟更远了些，崇高的骑士道鼓动着他去献身。那晚，神色激昂的骑士究竟是怎样停下脚步？一半是桑丘的把戏，一半是骑士的考虑和关照。在这一点上，堂吉诃德超越了我对他一开始的看法——一个"抱着拯救世界的幻想一味向前冲"的莽夫。待到两人第二日清晨循声而去，发现作怪的不过是矸布机时，堂吉诃德身上流露出的懊恼和羞惭甚至是有些可爱的。仅仅是这一点，并不能将我从对他的荒诞的印象当中解脱出来。

但我相信，任何一位作者都不会创作一个完全不值得人欣赏的人物。在网上的种种评论当中，我想我最终明白堂吉诃德，或者说是阿隆索·吉哈诺是一个众人喜爱的善人，而他遵从骑士小说行事，我想也是为了这份骑士精神——惩恶扬善，扶贫救困，严谨自律和对爱情忠贞。我终于明白他的初衷是善意，而不是仅仅模仿骑士小说的情节，他的问题在于模仿用错了时间，又过于单纯。这是我对堂吉诃德认识的改观之处。

换一种角度读文章，便有截然不同的看法。

最终为数不多的几章中，觉悟是那么晚，尽管我总觉得这情节突兀，但一个濒死之人一朝觉醒般不断强调自己不是"堂吉诃德"而是"善人阿隆索·吉哈诺"，这样的急迫不能不打动人——一个人正在最后一刻努力将曾经歪曲的掰正，给自己、给身边的人都有一个好归宿。或许是堂吉诃德终于看到现实——心爱的公主变为粗鲁的农妇；亲友为他付出，陪他在那荒诞里游荡；他生在铁的时代而不是金的时代，这个世界不该由他拯救；"大力神油"也不能挽留他的生命，过往堆积的一切伤痛尽在这一场病中作用。可怜的堂吉诃德，在认清错误的时刻立即对周围的人道歉：请他的外甥女不要嫁给看过骑士小说的男人……他抱歉自己错待了无数时光，但他不能超度自己，善人阿隆索·吉哈诺能为周围人多照料一点是一点，骑士的时代已经过去，这才是他在这现实里能够的善行。

喜欢李清照的婉约，也一度认为宋词都是多愁善感的。

一代才女，一声叹惋
——宋词印象

甚少读过宋词，更遑论对哪一位词人有特别的印象。

至于最早知晓的词句，便是"寻寻觅觅，冷冷清清，凄凄惨惨戚戚"。那时周围对宋词略知一二的，提起时都愿就这几字说两句，几个叠字即连成句，再有更前一步者，剖之、析之，但终是惴惴懦懦、浑浑沌沌，未见有人曾支吾得清楚。"凄凄"作凄凉凄冷之意，"惨惨"作惨淡，"戚戚"作悲愁哀伤。几个词词意本就相同，又是一介女子临窗企望之言，我也觉那般情思意会即可，便这样将这一句纳入心底，不明不白地过了许久。甚不明其意，不知其下何言，甚至由于起初仅从他人口中听闻，"凄"、"戚"的音律亦不明晰。即使这样，把这尚存的一点模糊反复于唇舌吞吐，那般惆怅，也始终在心头漫溢荡漾！

然而，再长大一点，更加喜欢李清照，不仅是那含糊的一句了。我想，李清照与赵明诚的爱情，以及生活中两人无微不至的照应相通，不但是我，约莫是所有女孩子最初最纯真的理想典范了。在《金石录》的后序中，李清照写下"便有饭蔬衣练，穷遐方绝域，尽天下古文奇字之志"，描述的正是自己和丈夫赵明诚，虽有"脱衣易市"，尽管生活已然十分清贫，两人还是心甘于此，不约而同地在金石书画收藏方面投入大量财力和精力。赵明诚归家前必上市场，用亏典当出的衣钱，淘些玩意儿与妻子"相对展玩咀嚼"。而当人已去，颠沛流离时，李清照始终尽力保藏与丈夫生前共同品赏琢磨过的书画器具。但世事作怪，带着未亡的情意，经历南下前的整理遴选，手中残余本已不多，而后暂储的诗书遭焚，所携轻便书画在坎坷途中有部分失散，又有借宿之家的偷盗，张汝舟对珍宝的觊觎……终于将李清照逐步推向年老。

曾经有"东篱把酒黄昏后，有暗香盈袖"和"人比黄花瘦"的翘首以待，而今独有三两杯淡酒和黄花憔悴满地……国难家亡之后，那年轻清瘦却充满希冀的女子是否也已垂老，不言而喻。

独雁使惜才怜人，略过她窗头。可这旧相识哪能就此平息她的心痛？早有"物是人非事事休，欲语泪先流。"

一代才女，终只成就一声叹惋。

读沈从文的《边城》，似懂非懂。按 16 岁的理解力，我努力还原了翠翠的性格，为翠翠设想了种种未来。

花谢香逝人还在
——《边城》续写

老船夫忽地走了，尽管身边有马兵顾着她，但小翠翠仍是时常飘飘忽忽。有时渡河的人已踏上岸口的石阶，瞧见小翠翠只管低了眉眼抚着缆绳看水，便自觉把钱搁在尚有些晃动的船头上，转身走了。

二老迟迟不归，中寨团总家的母女大约知道了这婚事坏了的缘由，多受两天船总的招待，便起步渡船回了原地儿。渡船上的女孩没再添上红儿团，母亲也少了分盛气。而小翠翠看着她俩，反倒又有些怯了。

老马兵虽然时常也有自个儿的事，但一有闲暇就远远地来陪翠翠。太阳方落，经常见到翠翠只身坐在另一岸头，拈了野草叶子圈圈套套的。船没系在岸上，只漂在几米远的地方，狗也不知晃到哪儿去了。老马兵见状，想来翠翠是为还钱，便只剩叹息了。

时光逐渐老了。吊脚楼里女人的脸陆续地发黄，打了皱儿；

水手在楼下多吹几声哑哨，也抹不平情人老旧的脸。翠翠即使觉得虚无，也没处再逃远。

当年的小翠翠现已有二十六七的年纪，比起老船夫刚刚归西的时候，个头没再蹿，只是常年独自渡船，手脚健壮了些。老马兵正值耳顺之年，照例说是不大老、也不大年轻的岁数，可每想照应下那渡船时，翠翠便教导他，说人老了应当歇憩……对了，那艘渡船也换了——祖父的那艘渡船在前些年的又一个雷雨夜，零落成几片，终随老船夫去了。

茶峒里偶尔也有军人过河，他们少有闲处，看到长大的翠翠只多觑两眼，视线就不便再胶在上面了。那是没什么看头的——风雨朝夕在打磨姑娘的皮肉，炎日又照得那脸更黑更紫了。一切好在大翠翠那双黑眸子，还同小时候一般乌亮着。倒是翠翠如今也懂了些世故，藏起小兽儿的灵气，真正再平凡不过了。

大翠翠是最满意这样日子的人，每日渡船，虽难以富足，但仍能维持她和老马兵的日子。她眼里有什么便看什么，看什么便想什么，渡河的人来，她就在扯船的余光里细细揣摩那人；渡河人若一整天只是稀稀拉拉，翠翠就更高兴，这样她便有时间和狗在船上多漂一会儿——有甚少的一点岁月，用来再想起白塔边的祖父，还有十多年前远渡未归的青年。尽管今天翠翠早已不再因那青年，梦见漫山的虎耳草，但心中到底有挂记，每逢端午则必会独自去城里看龙舟——有勇猛的少年摘得桂冠，带了大红巾子，人们仍要唏嘘当年的傩送二老。

今年端午时，翠翠从夜中回到小渡，老马兵还在船头自斟自饮。这些年他以翠翠祖父自居，但那矫健的妇人却常在他孤饮时，兀自爬上他心尖尖。这些烂事大翠翠自然晓得，但她不言语，乐得每日渡船、看水，或者在河里荡脚。在二十六七的翠翠眼里，发生在碧溪岨的事才算她的事；其他的，包括全无音讯的傩送二老，也都随它去吧。

后来的后来，只因不论是大翠翠还是老翠翠，事事都看得开，所以过得长久。人生在老翠翠眼里不过是支龙舟，看你一辈子渡过了多少人。先渡过的是临死都不见二老的顺顺，再是老马兵，最后是一副顶好质地的棺材——后头跟着窸窸窣窣哭泣的老妇和小孩，口里诨诨地泣诉棺材里的青年，是如何闭着眼从河上游一路冲到她们镇来，如何九死一生，如何临终前才将将谈起要葬回故地来。老翠翠闻言，忽然握了握襟里藏的一把干枯的虎耳草，冒昧又略带忸怩地讨问棺里的人何姓何名？老妇又哭得哩哩啦啦，只道他来时自称岳云……

老翠翠低了头半晌，犹自又泣又叹又笑。

她浑过了一世，当年芳华少年，都落去了，唯有翠翠还活着；当年端午夏夜的馨香也消去了，唯有翠翠还留着。

《人机大战没有失败者》是新华社记者徐基仁的体育专电。我以为，人类应该相信有能力与自己智慧的结晶相互促进、和谐共处。

当人类面对"失败"

——读《人机大战没有失败者》

那段时间我特别乐于翻看有关"人机大战"的评论，中国网民将他们的口舌之多、力量之强发挥到了极致。少有人站出来讲"理"，人们反而多纠缠于"为什么派韩国的李世石而不派最强的中国选手柯杰"以及"人类是否有一天将会被机器取代"两个脱离主题的问题。说白了，这四场人机比赛人类成绩上的落后已引发了人们有关"地位不保"的恐慌。

对于纠结的先一个问题，我想这可以叫作"自信"，但它更为真实的面孔叫作自私。所谓"人机大战"，是一场全人类维度上的向着机器的出征，而不是各个国家之间争先恐后比拼智力的争夺战。慷慨激昂的网民将推选人类最强的围棋选手当作国力的竞争——这种争夺其实毫无意义。如果我们定要辩出哪个国家的人最智慧，那么英国人赢了，因为是他们引领的团队制造出了所向披靡的"AlphaGo"

在第二个问题纠结的人在面对"人类的兴亡"这一问题时，显然相比提出第一个问题的人更为坦诚。但我们面对所谓"失败"的时候，最不需要的就是紧抠这一个问句惶惶不安，我们需要的是理性的思维，分析与人类相比机器哪里不足。或者干脆将机器，也就是人工智能纳为己用（何况它本身就是人类精神文明的产出，但人类正荒唐地将它当作自己的敌人），完善我们自己。

　　我认为这场人机比赛本身是不公平的，我不了解"狗"怎么想，只好从人类的角度来谈。参考众多评论，我总结了三点"不平"之处：

　　第一，之前棋手对 AlphaGo 没有充足的了解。在人类与人类的各项竞争中，一方可以通过观察另一方的惯用技巧，进行有针对性的抑制甚至征服。而这场"人机大战"中，李世石面对的是一个不明底细的"新手"。

　　第二，AlphaGo 对围棋棋法有精确记忆。此次赛前，谷歌已经给 AlphaGo 灌输了 3000 万种人类围棋大师的走法，积累了丰富的胜负经验；而李世石作为人类的一员，不可能拥有和机器系统相当的总结和应用功能。新手、强手、综合型选手，这三个条件相叠加，意味着人类失败的可能性高幅增长。

　　第三，人会疲倦，而机器却不会。在比赛过程中，人类棋手会产生疲倦感，从而引起注意力下降等各方面问题；相反的，机器就是大战三百回合大概也不会有什么难堪。

　　上述分析显而易见人类相比机器的不足，但我认为 AlphaGo 也并非常胜将军，它也有虚弱之处。例如，人工智能真的能不依赖于人类智慧而存在，或者成为超越人类智慧的新生物？或者我们最无法的办法就是跟"机器"谈公平——我们能做的只有增强自身的能力，把握好已有技术应用于"智能"的尺度。

少一些抱怨，少一些争夺，少一些惶恐；多一分勇气，多一分团结，多一分希望。人类作为一个广辽的民族应该拥有它相匹配的民族自信，能够包容人工智能的存在——面对"失败"，相信我们不会被"机器"奴役，相信我们有力量与自己智慧的结晶相互促进，和谐共处。

2015 年国庆，凑热闹去看了它，也凑热闹吐槽了它。

《港囧》之囧

国庆放假的第二天晚上，被爸爸拉去看电影——票房爆炸的《港囧》。之前听说这是一部有关初恋的喜剧电影，我便抱着娱乐的心态细细观赏。

剧中有很多引人开怀大笑的元素——药不能停、乌鸡白凤丸、香港味十足的市井活、接吻引发的灾难、在关键时刻造反的"钢头"等等。但稍稍总结比较，还有很大部分，把情色羞耻和各种猥琐当作笑料，把社会现象和社会风气加以嘲讽——硅胶、奶粉诸如此类。我从来不认为以娱乐的口吻把这些事端嚼过一遍又一遍有什么可取之处，了解社会问题绝非通过这种不严肃的途径！剧中对这些是非的观点也并没有一针见血而令人拍手叫好，反而和我们无意间的吐槽无二。我们究竟该以怎样的态度看待它们———桩桩浮夸的丑事？

看完的第二天早晨，在去亲戚家的路上，妈妈叫我给她讲讲《港 》都讲了些什么。刚过了一夜，记忆尚清晰，我事无巨细地讲，边讲边努力把被电影琐碎化的几条故事主线串连起来，时不时问一脸迷茫的妈妈，"您还听吗？""您还在听吗？"。

我脑子是装有许多昨日的欢乐的，但在概括情节时才发现，原来那些笑料不过是深秋将将悬在枝头的树叶，维系着丰茂树冠的样子，但禁不得风一过，就只留下光秃的主干。我想有这种感觉的缘由来自两个方面：其一，《港囧》笑点生的小但分布广，心中觉得好笑之处虽多，但又怀疑讲出来是否值得，这令我想起来初中作文课老师提到的"大而空"；其二，笑点与故事主干甚少有关联，完全可概览为寻找初恋途中的"异事录"，"异"代表不合实际的荒诞，也代表不合情理的荒唐。

我不禁想，喜剧中的笑料应该从何而来？是天马行空，还是把生活中的小事放大，把小事赋予情趣加以创新？从卓别林到憨豆先生，喜剧在它的历史上有很长一段这般的质朴风气，每个角色演绎的都是生活，每个角色都经过反复推敲琢磨……所以，他们，她们，都经久不衰。

憨豆先生——罗温·艾金森出于对喜剧传统模式将被全面取代的忧虑，导致抑郁重访。我今天对中国的喜剧也产生了同样的迷茫——如此浮夸，我们到底都做了什么？

在语文阅读训练课上，我遇到了《浙江的感兴》，它打动了我。

浙江的滋味

——读《浙江的感兴》

我不敢说走遍中国，却也去过不少地方。浙江，一听就叫人心盼得发慌，总想去看看那比得了西子的，又是哪番秀妍？《浙江的感兴》，行行简朴的文字，悄然勾勒了一幅画卷，亦如想象中浙江的素净和古朴。穿梭在街道中，有微风拂面而过，温和而厚重。

作者对童年的记忆，是看电影、观潮水、吃馄饨，是相依相伴的家人，这大约早早便成了家乡的一部分，温柔亲切地糅进浙江的骨血里。随着作者的一台一顿，我漫步在浙江的街上，脚下不是黝黑的沥青路，而是雨后的石板路，仰面不再是璀璨的玻璃大厦，而是素雅的白墙黛瓦。也许还有雨珠顺着屋檐而下？或有一串油豆腐、一缸腌菜？我想，作者也大约是由着童年的记忆走，重新来品尝这咸咸香香的滋味，又为了这般滋味把心陷进去，对浙江的怀恋更加浓郁。

当然还有我最喜欢的叠字——白白的木台子、干干净净的咸肉、高高的屋顶、空空荡荡的店堂……两个再普通不过的形容词叠加在一起，也多了份"这儿摸摸，那儿瞧瞧"的亲近感。若是用了优美华丽的词语来描写，家乡也大约失去了故土的醇味，浙江也将褪去原本潜藏在那片土地上的单纯的精彩。

我不知道那些老字号待客的方式，是要作揖还是什么呢？无论何地，浓厚的文化气息总能为这座城市添几分韵味。无论是被古今多少文人墨客赞誉的杭州西湖，还是绍兴里叫人们寄托了多少梦想和感情的"三味书屋"，他们既有水的灵秀和山的骨气，又同是一幅中国水墨画——叙实又抒情；他们无一不融合了浙江风土人情中的简单，偏又有种有底蕴的硬气！

这就是浙江，他人下笔而由我所见的浙江！

不经意间，中考冲刺的日子消逝了。希望那些人、那些事、那些美好永远留在心里。

让时光逆流

打开微信，朋友圈有新消息。

……退回录取通知书，擦掉中考试卷上的答案
夏日倾盆大雨逆流上天
弥漫的粉尘还原为盒盒六角粉笔
老师收回所有嘱托和啰唆
嗡嗡电扇倒转，闷热教室里的汗味
液化成你们背后的濡湿
……办公室杂乱无章的各区模拟卷被教研室收回
倒计时上的数字正增长
初三的我们一切都还没发生过
我一直不是一个很怀念过去，容易沉浸于过去的人，但"让时间倒流"的愿望也曾出现过。"让时间倒流"，无数人想过、说过，但若真正使所有过往逆向回转，你会发现你的从前都经历了什么。

常常对一个人提起她的时候，只有笼统的、最主要的几件事。刚加入那个班级，我与她一同被派去画板报，我们对设计方案和传达的旨意常常是不谋而合，分工合作也顺利。她说："我从没遇到过和我画板报这么契合的人！"初来乍到，这是对我最大的肯定。

　　升入初三，我的物理成绩莫名地越来越好。起初我们还未进入复习阶段，我自己都不那么清楚的新知识都敢讲给她听（想想我也真胆大）。说来也奇怪，讲解的过程也是自己对知识的回顾，上一句讲了分析了，下一句便自然道出了结果。我说："懂了吗？"她说："嗯……"再问："懂了吗？"回答"……嗯……""真懂了吗？""没懂"她说，"你真适合去做幼教……"

　　体统前，我们绕着操场跑，从三四圈到七八圈。她的体育也不错，于是我们一起跑，在她落后时我放慢速度，对越过我们的同学，无论是否相识，共同说"加油！"还剩最后100米时，我经常问："冲吗？"……"冲！"

　　她是一个很认真很单纯的人，对不懂的事不懈怠，对喜恶的人不相瞒。她复述朋友对她的评价：积极认错，死不悔改。她看着自己的偶像不会说中文的困窘会放声大哭；她有着一双能弹钢琴的大手，当偶像剧中男主角牵起女主角的小手时，她信誓旦旦——以后一定要嫁一个手比她大的男人；她很认真，一旦认真就瞪大着眼睛。

　　这样一个固执、认真，单纯到天真的女孩儿哪，成为我少有的交心朋友，虽然没有深沉的怀念，但她终是在我心里、脑里留下了影儿啊！

一颗骄傲的内心，一副谦逊的外表；一颗坚韧的内心，一副柔软的外表。这是我吗？

把持骄傲

我很早就发现，我害怕直面别人对我的"表扬"，尤其是当周围人的目光投向我的时候，真的就越发惶恐了。

首次仔细地困惑这个问题是因为小学的一次语文考试。卷子拿在老师手中，她这样宣读，"得 90 分以上的同学有×××，×××；得 85 分以上的有×××，×××……"然后，她接着念80 分以上的、70 分以上的、及格了的，最后说还有几个不及格的……一直没有我的名字。我坐立不安，眼泪快要掉下来。紧接着那女声再响起："这次还有一个得满分的——林子同学！"真是个不好玩的玩笑。老师笑着问我心情如何，又交代我回去写一篇感受，情绪的线索也被早早定下——写一写没听到自己名字时的心情，再对比描写宣布自己是唯一满分后的心情……老师叫我写我当时有多么欣喜若狂，看来我真得坐在椅子上认真想了。

老师念我名字的时候的确有一种如释重负的洒脱感，然而紧接着是同学们瞬间聚拢在我身上的目光，连带着小学生特有的、意味深长的、夸张的"喔……"声。那时我感到局促不安，

046

胳膊不知该搁在桌上还是搭在膝头，眼睛不知应是紧盯着老师有点调侃意味的笑脸还是环顾着四周享受一番同龄人的羡慕。我只好抿着嘴低下头去，微微做出沉思状，然后再重新抬起头来，若有所思地摇头晃脑几下，最后定神看一眼老师……其他人的注意力，基本上这时又被别的什么吸引去了。

我害怕被表扬？得到这个结论时我有点儿可能名状，因为被表扬后的惶恐是不亚于悬在及格线上时的。没蒙没抄，我到底为何这般？仿若劫后余生。是为自己吗——被别人表扬后往往希望这样的赞赏可以继续，而不只是停驻或消失在这时这地，希望不辜负老师、同学的期望，而又怕承担不起这灼灼的视线和下一次努力取得的成果……说到底，大约就是不相信自己吧。一个表扬的光环顶在头上，只要仍存留着一双足够结实的臂膀，怎会压得自己脚步更沉重更疲惫？于是当时我心里生了个怪念头——能被人用目光绑住脚而不能挥动翅膀的天使上辈子一定是家禽。这念头着实不美，但当时总有这样为种种缺憾冠以折翼天使美名的号子，我也就如是想了。最终我当然没有落笔记下那个"心情"，却为这玩笑耿耿了好久。

提起这件事，是前些天上操来的。我自认为协调性过关，也就乐得"大张旗鼓"地好好应付一番。也许是在一堆弯胳膊踢腿当中太显眼，刚下操就被人当目标瞄准。一个初一的女孩拉着友人的手跑过来，叫住背冲着她的我："姐姐，姐姐，你是练舞蹈的吗？……"我有些蒙，短促说是，就被打断了——"你做操的时候气质特别好……"我匆忙要走，却也坦诚地道谢，它是包裹着我，镶嵌在我身体的一部分。我知道自己几斤几两，昂首阔步，担得起这陌生女孩的一句表扬。

高中阶段的初次家长会，一次富有创意的家长会。我们的叙事方式让家长们惊诧。

突破自己

长这么大，在人前说话还要脸红……真是要命！

昨天家长会上的汇报表演，本是不想这么精致排练的。我一直认为任何表演应随时间长短、表演对象、讲述内容来确定具体风格的。例如，这次家长会，班主任把介绍各科老师的任务交给我们组，总共只有十五分钟。那么我想，面向家长，应在五分钟内简短汇报高一上半学期我们对各科老师的体会，我认为那大约应该随意些而简洁清晰的。不过因为看到其他小组同学的彩排内容都很夺人，我们组不出彩似乎有些说不过去，于是经过构思最终以把老师比作博物馆中某一展品、藏品的形式展现各科老师的性格特点。好在大家的文笔还较为舒畅，没有冗长的叙述，每位老师的特点也是突出到位的，这种表达方式也没有显得过于迂回。在台上演讲的时候，不知道下面的家长看来怎样，反正我总感觉脸上烫烫的……

上一次面向家长会演讲是在初三冲刺阶段的家长会上。那时我是班里的第二名，第一的男生擅长理科，便由我讲述文科学习的心得。我的文科较其他科目突出一些，其实是不太会也不敢讲的。于是在家里用蓝笔在 A4 纸上写了满篇，自言自语过后给妈妈重述了一遍，赢得首肯，再到同学面前讲了第二遍，仍是脸红，手心不断冒冷汗，几乎半程都是手捂着滚烫的两颊过来的，我见有人轻笑，不过还是善意的。在正式演讲那天，我独自站在讲台上，面对四十多位家长畅谈，不明白那次怎么就不怯场了。放学路遇同学，当即被人家热情的爸爸拦截，深切表明了对方才演讲的赞赏：大方，自信，流利……由此一下子感觉一直不属于自己的那一部分，一时全都吸附在我身上！阵阵兴奋之余，也有点微微的犯蒙，被不绝的夸赞糊了一脸的xx 感。

别人总说我文静，直白点就是寡言、深沉，我虽总以"沉默是金"应对，但……未来还是多说说话吧。

她是我从小到大的闺密，离别，真的伤感，不知哪天才能相见。

流淌的记忆

2015 年了，朋友走了，急急奔赴美帝去了。

临行前来看我，说明了这决定的突然，只留给我这支崭新的钢笔，说是买过相同的两支，都是无疾而终了；送它给我，是想让它与我长久相伴的。

我们是小学同学，初中邻班，初三时班级被一道长长的走廊隔开，关系好像就淡了。

仍记得小学毕业时她送给我的生日礼物——她在水果糖盒里放了五只圆溜溜的核桃，分别在上面用不同色的油漆勾勒出五张至纯的笑脸。其实小小核桃上的画能精细到哪里去，不过那是小学时代我与她以及另外三个女孩子友情的镌刻，怎么舍得搁置在一旁！我们那时并肩而坐，用小拇指甲点着，听她讲为什么给 A 戴个小眼镜或者把 C 的脸儿描得鼓鼓的……

初二那年，还是仅隔了一堵墙的，不过那时老师便开始念叨着中考什么的，因此我们就少了许多语言直接交流的机会。但就像商量好了似的，我们经常用掌心大的活页本，今天有了什么开心的事课间抓紧记下来，再把写满密密麻麻字迹的小纸条叠好了送到对方手里。她的手比我巧，我只会叠个最简单的纸船什么的，她却每天变着花样，今天是五星，明天是星形的手环……那些五颜六色的小纸条被我用夹子攒成厚厚的一沓，放在钱包的最深一层。我到现在仍不明白，两个十二、三岁的女孩怎能有这么样的坚持！

我们的礼物无一例外都是花了心思并且亲自手工做的。记得那年我送了她两样礼物。一样是在哪个海边捡的大拇指盖大小的白贝壳，莹白剔透、纹理整齐，是一群贝壳里我最稀罕的一个，扇形的小角上是有个天然的小孔的，我把它穿了红绳送出去，她兴奋地直夸，把胸前橙黄的"桃仁"卸下，小心翼翼地挂上我的贝壳……

那年的另一样礼物是红、黄、蓝、绿四个色调的四瓶星星，每群星星中间有朵复瓣的纸花。那时做满了星星才发现——装星星的瓶子少了一个！装星星的瓶子是要细长的、干净剔透没有一点字迹的才好看。抬眼发现架子上有两瓶纸鹤，纸鹤是七彩的，一只接着一只，张开翅膀松松支棱在透明的瓶子里。那是我和要好的表姐前些年春节一起叠的，整整11瓶，家里共十人每人一瓶，多出的一瓶便和属于我的那份一起依偎在书架上……也许你猜到了，我那时没有一丝犹豫，把架子上右边瓶子里的纸鹤全部塞进左边的瓶子，留下空瓶为那群星星。

从此，那瓶挤挤攘攘的纸鹤便成了我心头之痛，一望见它胸口就酸胀起来——那是家人之间的信物，是新年时的祝福，而我竟为了个人的友情，把它们这样……那是我至今最坦诚的一次自私，虽没有告诉任何人，但每当我伏在案前，总会因为拥挤的"仙鹤"感到许多愧疚。但，我从未有一点点甚至一丝丝的后悔，一丁点也没有，我一直坚定地相信，那是最真诚的礼物，最单纯最无私的友情。

初三时寥寥几次交谈中，我得知她大学可能准备出国，所以高中是要考人本的ICC的，那时的我们都信誓旦旦！可她中考失利了，去了离家近的一所高中。接着圣诞节刚过，我便被通知——她马上就要走了。

匆匆敲定的时间直至周末放了学才看到，恰好选修课已经结束，在高中楼前我找到她。她怕冷，冻红了鼻子告诉我，她以为我们这届高中生也理应在原先的高中楼呢。我把她带回班，却只像初二那年一样，俩人靠在柜子上，挨得很近地交谈。她似乎也有些措手不及，说一切等到了美国再说吧……

临走前，我们合了张影。我们以前从未、从未合过一张，原以为不会早早分离……两人都有些忸怩，十年的朋友了，能不怪吗！太匆忙，我没来及准备我的礼物，她却从袋子里拿出礼盒，说是给我的礼物，然后我们俩像没事人一般——"拜拜"，便散了。她要再去看看以前的同学。我望着她，一步三回头，看着她消失在墙的折痕里……

我才看见了这支钢笔，看见了那声"长久"，追出去，早已不见踪影。我一个人，来回在U字形的走廊里，边吃东西边走，那天没有挖掘出来的一点儿惆怅，也不期于今日在这钢笔尖儿头相遇！

今天是她临行的日子，衷心祝福她———一路顺利！

寒假的一天，天气晴朗，突发奇想，去欣赏冬日残阳下的颐和园。

冬日颐和园

颐和园离我家很近，算是一个抬眼便能看到的去处。天晴的时候，站在我家走廊的窗边，便可以清晰地望见佛香阁。

佛香阁的黄色透着暗沉，少一些光华；周边露出的一点湖光山色，也是不泛波的蓝，不青葱的绿。这可能是阴霾导致的，也似乎更显庄重了。

颐和园是皇家园林，作为几代穿黄袍者的颐养之所也好，几经战乱的记录者也罢，殿中亭中，不剩几点遗迹。一片坦然和敞亮，才是今天真正的颐和园。

昆明湖上压了厚厚一层冰，大人领着小孩在圈起来的冰上玩儿；冬季的甬道上没什么外地口音的游人，几分清静，还净是来此遛弯儿的"北京人"。

天色已近黄昏，夕阳映在浮冰的边缘，半边白月已经安然放在被树枝分割的天幕上。道路两旁一面是柳，一面是杨，柳枝在夕阳下兀自萧条，杨却在另一边的蔚蓝下用粗壮的枝丫，伸展得正蓬勃。颐和园被建作夏宫，曾在此休养的几任皇帝，未能欣赏这般冬日，实在遗憾。

对于今天的我来说，颐和园不过是一座空院，我们在这里做什么抑或是想什么，已经和过去的大清时代没有太多联系。唯有这番景致，仍留住过往。忽然觉得身在其中，但又似乎离得遥远……

去年夏天和整个班的同学一同去过西堤，老师带着我们一伙人穿过一道道桥——界湖、豳风、玉带、镜、柳、练……也许是领头人有些情致，桥被一座座走，一座座讲——豳风为古豳国的风瑶；玉带桥纤秀挺拔，以青白石、汉白玉雕砌，宛如玉带，故以玉带名之；"两水夹明镜，双桥落彩虹"指的是镜桥；再如柳桥，再如练桥……今日再去，似乎是荒芜一片了。

只剩半轮残阳的时候，我终于踱步到佛香阁前，路过的那片荷叶地，枯瘦焦黑地折了头。佛香阁镇静地坐守在万寿山前，晦暗的橙，浓墨点的绿，隔着冰层看下去，昆明湖水黝黑得深不可测。我似乎看见了掏空了的颐和园。

站在石栏边，看如血残阳，看它点亮了对面廊窗上的玻璃画，又一点点从那小巧的窗棂褪下去。不远处，长亭下的老翁手里一边织着不知谁的衣衫，一边抬起头向远处的另一位长长地吆喝。那音色辗转诡吊，答话久久才从亭的那一边、山的那一头传来。词是现编现攒的，不知唱些什么的时日，便独自"颐和园……颐和园……"地哼哼，倒像是在幽幽怨怨地叹息。

冬天过去，春天还会复兴。但愿颐和园不会从我心中走失。

经常出入这个地铁站口，却总也不见那个记忆中的小女孩了。

卖蛋挞的女孩

出了长春桥地铁口时，天色已经有些暗了。

暗色下的出口处于街道拐弯处，总有各式各样的小贩在不同时节叫卖着不同的东西，像夏天卖桑葚、卖莲蓬。在昏黄的灯光下，得掀开盖着的布才知道卖的是什么！也许是今天小贩们走串了一天也累了，他们的吆喝声减弱了、疲倦了。

一片暗哑的男声中少了去年这个时节的女声——那是个大学生模样的女孩，眉目清秀，她也是偶然向顾客抬头来介绍和推荐的时候才让我瞧见，平时都是忙着低头做生意的。那女孩的声音特别柔美，"蛋挞，蛋挞，新鲜的蛋挞……"音质细而不尖。无论可有人理她，她也像所有商贩那样，却只是轻声念，"蛋挞，刚出锅的，特别好吃——"我犹记得那个"吃"字音，比起念出的其他字句的清晰干净，稍稍拖长了尾音，"特别好吃——chi，——ri——"我总想那些仙女的声音大约也如此，纯粹而清雅脱俗。

我没买过她的蛋挞，却也看得到在稍冷的秋冬日子里，上面飘起的丝丝缕缕的白气。我也还奇怪：似乎她面前只有一盒蛋挞，她的蛋挞似乎也永远是热气腾腾的……

也不知道，今年的秋冬季节，这个会软软糯糯"叫卖"的女孩，去哪里了？

糖炒栗子，我的最爱。即便到了淡季，忽而想起来，它的色、香、味便已在口中了。

糖炒栗子

地铁口没了软糯糯的蛋挞姑娘，有了香喷喷的栗子大叔啊！

"唰啦……"泛着黄渍的钢铲深深杵进锅底，腕一扼，铲子又探出来，露出焦褐色的栗子。被热气熏黑的锅盖每一掀，就能闻到又甜又烫的蒸汽。自那天在地铁口恍然觉悟——又到了吃栗子的季节，便无一刻不盼望再尝到糖炒栗子的滋味。

昨天在小超市里买的栗子，已经"疲"了，冷栗子上黏乎乎的焦糖也淡了许多，内里皱巴巴且干干的褐皮附着在黄褐色的栗肉上，怎么也不肯被剥落。

要说最好吃的栗子，大约还算舞院路边上的了。那一路上的小摊、三轮车上的"小店"，有不少好吃的东西，除了糖炒栗子，还有烤红薯、小笼包、牛肉饼……

铲一勺滚烫的栗子塞进牛皮纸袋，冬天把在手里也有取暖的功效。温热的栗子放在唇侧，用虎牙轻咬，硬而脆的栗壳"嘣"地炸开，新鲜的、棕黄色的栗肉很容易会被取出来。沿着栗肉上的缝隙掰开，是浅黄发白的瓤，放到嘴里柔中带脆。我最相中的是栗瓤最中央的那部分，有灰紫的，有橙红的……

栗子吃多了胃是要发酸发胀的，不过这时手边的栗壳大约早已是两手都捧不住了！

七天军训，记忆犹新。军人、军歌、军嫂，一切都是新鲜的。

军训七日

2014 年 9 月 1 日

经过一天加一早噩梦般的洗礼，今天上午到达了军训基地。许久，辗转宿舍、床铺，我们终安定下来。抬头，上铺暗黄的木板床"一惊一乍"，吱呀吱呀地乱叫，让人不得安宁。

外头下了一会儿大雨，很急，雨珠便成了白色的，不知下午的"开训典礼"在水淋淋的世界里可否顺利。（上午）

按部就班的"开营仪式"终于结束，除了"放板凳"和"坐板凳"，其他一无所获。湿漉漉的裤子绷在大腿上的感觉着实不好，教官每喊一次"坐"，我便要飞速揪起膝盖上的布料再坐下去，于是好受许多。

浴室里白花花的身体被铺满黄晕，凸显出青春少女肉质的鲜嫩肥美。

据说明天一天都有雨，私心里想这样便不用训练了，无论怎样，预祝明天一切顺利。（下午）

2014 年 9 月 2 日

　　现在是上午 8 点半，我从起床已闲置很久。

　　"军号嘹亮，步伐整齐，人民军队，铁的纪律……"我们学习了四首军歌，尽管从未听过唱过，但听了那个带着高原红的小教官哼两句，流畅顺耳的调调便在心中悄悄熟悉起来。四首歌词简单直白，曲调铿锵有力，字句间渗透着强健、团结、向上，这把我懒洋洋了好久的心情调动起来。我们坐在小板凳上，随着军歌的节拍挤挤攘攘，摇来晃去，指尖在纸张上轻点，"嗒，嗒……"轻轻伴随着嘹亮的歌声。（上午）

　　小雨断断又续续，续续又断断，这会终于停息了。

　　天晴，山青黑，轮廓异常分明。团团浓浓的阴云尚未散开，却仿若被一层玻璃板与山隔开，没有一缕云烟能将那山分明的轮廓混淆。一眼望去，山上怪石嶙峋，灰黄兀立在墨绿的山林间。这贫乏直白又有幽绿连绵的山，比起烟雾袅袅时更合我意。我如是想，再抬头时，但见山的面庞依旧清晰，它头顶的阴云却无声无息地被它晕染成墨蓝色。

　　看来，雨还是没有停啊——（下午）

2014 年 9 月 3 日

　　我们训练齐步摆臂和正步摆臂，当然，这只是主要内容。训练正步走，在教官温馨提示小心与同学的手打在一起之后，我依然执迷不悟，手与手撞在一起，感觉生疼。教官是个年轻可爱的小伙子，每每被我们逗乐，便一瞥眼睛一扭头，在转回头时，又故做淡定状。当然也有绷不住的时候，例如昨天，在看了别班的队列后偷笑——龇出两排黄白的大牙。

　　景色不错，我心甚慰。（上午）

　　借用老师的手机，我给妈妈发了短信，祝她生日快乐，同时"告诫"她切记不要总念叨自己"老了"，也告诉她军训基地很好，我也很好。我一向有些害怕外出，妈妈是我成长中唯一依赖的亲人，爸爸在我已有记忆时是经常出差的。正因此，每离开一两日，虽不及春伤秋悲的多愁善感，但时不时便会感到心里有些空洞。我畏惧这种空洞感，十分十分……

　　不过好在，除了片刻闲暇，我的时间被挤满了站军姿、齐步正步、医护急救，为拔河的同学做拉拉队，和同学侃大山……把这样令人讨厌的寂寞空洞排挤打消掉。

　　同样地，从前每每加入新的班级，内向的我着实会高冷好一段时间，呈"百毒不侵、无孔能入"状。不过，这次很快，我也融入这个集体了。真好！（下午）

2014 年 9 月 4 日

老师说唱"精忠报国"时要伴舞，吴同学果断把我拉下水。很快做出决定，盗用小学跳过的武术操，尽管我不知道这样是否妥当，但我很乐意贡献力量。

好累……（上午）

也许是各种原因，下午同学们都有些萎靡。我呢，大约是中午没有休息好，又花拳绣腿了许久，下午训练时头晕眼热，眼角频频流泪。

不过很高兴的是，我远远望见了我的前、前、前任同桌，在初三学期初，反正大约是我在刚开始懂得努力的时候，我们度过了很开心的一段时光。数学课上，坐在他右边的我，用两根手指比画成小人，悄悄走到他的书页上，还有互帮、互助、互利。今天再见，看见他黑瘦黑瘦，微驼背，头发蓬乱地竖起一撮，或坐在马路牙儿，或站在食堂前的方阵里，或和其他同学猫在桌边……真不好……真好……（下午）

2014 年 9 月 5 日

昨晚我和上铺同学一起教"三高"的六位男生武术操，还算顺利。选出来的六个男同学学得很快，除了最后的动作——手臂画圈画不清，这不能怪他们，他们已经很努力了。其中有一个高高壮壮的留着"恐龙头"的男生，总是把袖口挽至肩头，在白色浅浅的灯光下显得肌肉纠结起来；他似乎学得不很积极，两条胳膊略显笨重地平举在身侧。不过很好，他们很有礼貌地没有反抗。在结束以后，我特意对他们说："尤其感谢那个大块头！"

今天快中午时我们又一起练习，他们晚上大约也是顺过动作的，把绕手的动作用他们觉得舒服的方式做出来……感谢他们。（上午）

下午的训练，同学们重新振作起来。在教官把我们"放疯"一阵后，各队同学主动不停、不停地正步齐走；我也认真注意"手轻擦裤线"的问题，终于不再和旁边的同学碰手了。

歌咏比赛还算顺利，唱得我嗓子疼。吴同学报幕其实不错，只是把"爱"的四声读成了二声，我想这也许是因为口音或者从小的咬字习惯，并无大碍。后来，吴小朋友一边整理包包盆盆，一边痛斥王某男——竟然偷笑却不告诉她那个小失误，并扬言要杀掉黑黑瘦瘦的猴子王某男。我又想，她如果像表面一样笑呵呵，不要黯然神伤就好。（下午）

2014 年 9 月 6 日

方才在接水时遇到武教官，我问他为何管陈 × 叫"潇姐"，他说，是啊，求人办事怎么能不叫姐姐呢，小教官表现出可爱和无奈！呵呵，看来我们很闹啊！

教官代替校长来检阅"站军姿"，我们已经鸦雀无声地站在那里很久。眼瞧着一只黑色的大苍蝇轻落在前边同学的肩上，但似乎它耐不住这沉寂，没停两秒便搓搓手飞走了。

分列式每每向右转，早培一班的方队长就正好跟在我的正后方，她尖锐洪亮的声音紧贴在我耳边，话音每一落，我的耳里像是囚禁了一只蜜蜂，发出闷闷的嗡嗡声，时时妄想脱笼而出……肩酸、背酸、腿酸、脚疼……（上午）

路过食堂时，看到有几位战士，或是青年或是中年，围绕着一个两三岁的小男孩，这儿摸摸那儿抱抱；一个兴奋地把他举高，又轻轻将他搂回怀中；其他战士羡慕地抬头望向小男孩，悻悻地玩玩他的一双小鞋、握握他的小手。我忽而想起下午值班时，有位穿便装的教官拿起一只绿色的大塑料袋，其他教官热心地将卷好的铺盖行李装入袋中。有人放下手机通知便装教官，嫂子在楼下……哪里、哪里之类的。一听这话，便装教官笑弯的眉眼便更加飞扬起来，一边下楼，一边携着包裹，包裹边缘露出军绿的一角。

我那时还玩笑地说"他大约是去见老婆的"。后来想起，也许部队中长久的日子，真的将战士们与妻子儿女相处的时光消磨蹉跎了太多太多——抱起不知谁家小孩的那一刻，背起行囊听到妻子在等候的那一刻，众战士、教官脸上的木然、冷硬、严肃统统褪去，换以期盼艳羡的目光和明媚的笑容。（下午）

2014 年 9 月 7 日

今天是军训的最后一天，早上 5 点起床，早早开始收拾行囊。武教官示范我们如何打好背包带，一拉一扭一翻面，再一拉一扭一翻面，背包带在指尖穿梭，很快呈"井"字形，被子被牢牢扎住。

同学们身着白衣、白裤、白鞋，在清晨浅浅的阳光下白得晃眼。"谁砸了我的头？"一滴雨摔在我脑门上。

雨逐渐大起来，听说可以回宿舍，一阵欢呼雀跃。很快，条条白色的湍流迎着雨从四方汇聚涌入男女宿舍两楼门口。一进门，白流分散开来，支流缓缓蔓延开，放松地叹息。当然，这时候仍有遗落的浪珠飞还进溅着进入。

分列式彩排前，我又看见了那个小男孩，也许连 3 岁也没有。他站在不高的主席台上，依然显得很渺小。一个中年女人牵着他的小手，和男孩一起望向台上的教官，不知是不是她的丈夫、他的父亲？真好……（上午）

坐在回去的车上，想想今天分列式什么的都还顺利。

我最喜欢看方阵跑步的背影，喜欢听齐刷刷地正步走的脚步声。白色的校服、长裤，纵纵横横显得更加整齐。一排同学跑过，左右小腿轮流抬起，侧眼望去，如同轮船不停旋动的叶轮，翻起层层白色浪花。再说那脚步声，不用盯着鞋面瞧，我就可以辨析又是一列同学加入了前进的阵营，随着那声音越来越响，便是方阵离我们愈来愈近了……

那些画面、那些声音终将成为一种记忆了。（下午）

那是我喜欢的一种状态——在晴天、午后的马路边发呆或幻想。

晴天・午后・马路边

晴天，午后，马路边。

除非你像蚂蚁一样一厘一厘地抚触地面，否则又怎么能感到这片土地的辽广。在我眼里，单就景象而言，少了这三个因素，北京就叫北京，反没了"京都""京城"的感觉。

几天的雨，几天的阴，终于换来晴空。天一蓝，云一散，这个世界的第三维一下子高大了许多。北京的秋天也奇怪，的确不如春天的和煦——太阳照在当头，风一吹便入冬，风一息仿佛还在夏天。我喜欢看柏油路，拥挤慌张的那种不算。

雨已停了，忽悠走了积云，在路面留下薄薄的水光。暖色的商场大楼叫画面不那么冷清，巨幅的墙面广告泛着荧光，在我的镜头下，连间歇来往的车辆大灯都像钻石一样。午后正是空旷，阳光才真可以铺洒在地上，在路尽头的地方，泛起一片水光，模糊又金黄。

人们讨厌城市，说它表面肮脏，内里也是浮夸。可是，在雨后的晴天从水光里看看街景，那时你简直不知置身何处了！

北京的秋天很短，几场秋雨后就是冬天了。

秋雨

我好像感冒了。北京的秋天果然干燥，当我以纸掩鼻，站在垃圾桶前奋力呼气时，自鼻腔深处漫出一股淡淡的血腥味。

方出地铁站，便有卖雨伞的小贩用伞把抵住你的去路，他们用平常的声音召唤着："要下雨了……要下雨了……"我抬头望了望天，阴灰的云满布了天空，还时有沉重的浅黑色隆起，它们似乎时刻准备从天空降落。

我的雨伞落在桌斗里，幸好回家的路上那云依旧安然地罩在头顶。前脚刚踏进门，便听见厨房敞开的窗外飘来雨声——雨很急，众多雨珠发出密密的"沙沙"声，争先恐后落地的小槌击鼓声。

站在十八层的阳台，俯视楼下的花园。只见没打伞的老人，他们躬身抱起手舞足蹈挣扎的小孩儿，匆匆越过起伏的砖面，身后溅起一片片水花；曾经被妈妈唾弃过的靴子形池塘泛着波澜，环绕在四周的树木抖动着它们的浓绿——它们在生长，早已不是记忆中光秃矮瘦的模样了！

突然想起，我已不知多久没有站在阳台上，透过墨绿的玻璃，瞻"仰"脚下的草木还有远处的青山……我要赶紧去看看，看看它们是否被雨雾朦胧了面孔！

血浓于水，不一样的形式，却表达着同样的深情。

亲情

母　子

讨厌大人对孩子吱哇乱叫！

放学路过运动器材处，有个女人正呵斥着她的孩子，叫他做引体向上。

那个男孩穿着我们学校的校服，身材看上去比我还矮些，黑黑瘦瘦的，看起来没有半分力量的细胳膊怯怯地举起，宽大的短袖袖口随着大臂的线条垂落……看上去不过初一、初二的样子，可能为体育中考做准备了。

明黄色的单杠方到他的额头，男孩迫于母亲的淫威不得不弯下腿又躬了躬背，才将胳膊直挺挺地挂在单杠上。他母亲站在一旁，身着运动服，两手掐着腰，时而伸出手对着儿子指指点点，口里骂骂咧咧。男孩蜷起身，使脚离地，只敢奋力地扭动身体妄图向上，却保持胳膊依旧直挺，仿佛挣扎在悬崖峭壁下……

当然，这只是我路过时不禁频频回头的所见一幕，不一定了解事件的前因后果。但我想，体育运动本是为了强身健体，愉悦内心来的，在这样气氛狭隘的空间里，他又怎样能真正感受到体育运动带给人们的自由舒畅的快意呢？

丈夫·父亲·儿子

再次踏上独行的火车，邻座是一个中年男人。上车下车都是他帮我装卸箱子，很有礼貌。

途中他电话不断。先是冲着他的孩子大骂——早上没有完成要背的单词……昨天没有做好母亲布置的练习册……昨晚去生病的同学家玩……

骂完小孩又把母亲叫到电话前训斥一番——早上小孩没有背单词，带他去剪什么头……每天做题的习惯要养成，否则是影响人生的大祸……放任孩子去生病的小孩家玩，究竟对孩子有没有上心、负不负责……

他终于停下滚雷般的狂吼，打开电脑，盯着桌面上的合影。看来那个小家是十分幸福的——妻子从后边揽着他的脖子，他和儿子一人一边，分别伸出手拥着妻子；他的另一只手放在妻子微微鼓起的肚皮上——那里还孕育着另一个小生命。邻座的男人久久凝视着电脑上的合影。

他还好，还知后悔。我想，我们常常为了一点鸡毛蒜皮的小事不惜放声说出自己的不满，伤害到最亲的人而不自知。但我们该怎么做，怎么控制自己而去妥善处理呢？

姥爷和姥姥

这几天姥爷、姥姥住在我家里。

姥爷眼睛刚做完白内障手术,爱看的手机、电视不能看,爱翻的报纸不能翻,脾气也就显得暴躁了些,和姥姥为了一丁点小事吵吵吵,说实话有些不得安宁。

今天,为了姥姥看上一条裤子买不买,穿了合不合身,不合身送不送给妈妈,买了退不退,退前再三犹豫,退后又后悔……这一连锁反应看似长,其实这话头儿没吵多久,便熄灭在新的问题下了——为了通话记录上的时间是47秒还是47分,吵吵吵,两人明知不可能有结果,可偏偏就要争出个孰对孰错。

吵归吵,但姥爷每天早晨仍几十年如一日地为姥姥熬药,尽管他似乎总是有理的一方。

老人的生活似乎都如此,"吵吵"就是家常便饭,就是生活佐料。吵赢的一方可以扬扬得意,吵输的却不必怀恨在心。

老伴儿

妈妈去拜访顶楼的老人,本是只想送去些东西,但拖了很久才回来。

楼上老人家的孙子是我的幼儿园同学,虽然男孩女孩越长大越玩不到一块儿,但凭着妈妈和老人家工作上的好交情,两家也是常来常往了。

爷爷有个老伴儿,约是年初去世了。其生前总是和爷爷在小区里遛弯儿，个头虽越遛越小了，身体看起来却依旧健康。爷爷是个直爽的老头儿，就是漫画里典型的老人家形象——肤色偏黑，面宽额阔，只留下头侧的两团白发。爷爷精神很好，两颊时常惹着腮红。前些年爷爷装了个心脏起搏器，一天妈妈回家跟我说，爷爷一边儿兴奋地跟她说起这事儿，一边儿就拉开白汗衫的宽带，抓着手就让去碰，说能摸出来呢！就这样，一直再没听说二老身体上有什么不好。可是，在我们的"以为"中，爷爷的老伴带着一身老年病悄然离世。

听闻消息之后，首次去拜见老人家就是这次了。听妈妈回来说，爷爷的老伴一过世，爷爷就没有人能唠家常了，一进门就拉着她海阔天空，中间孙子回来，一溜烟就进自己房里了。一个多小时后，老人家看看表，遗憾地说："该回家了，我耽误你好长时间了！"哈——

最后这声笑叹，自然是我臆想出来的，是希望他像奶奶在世时那样——豁达依旧。

微信红包一时风靡大江南北，再热闹却也无法找回"年"的旧味。

抢红包

刚过的春节，各种抢红包一时横扫大江南北。

除了家人朋友间的"微信支付"红包，更有"春晚创意互动""摇一摇"给观众送红包。那几天晚上，"嚓——嚓——嚓——叮……"的声效不断刺激着人们的神经，大家一会儿纷纷埋头盯着手机屏幕，一会儿又像甩体温计似的大力挥动手臂，既无暇关注热热闹闹的春晚，也无暇驻耳突然间雷动的炮响。包括我，那时在微信卡包里上下翻一翻，当发现摇到的橙色优惠券累了厚厚一沓，满足感油然而生。

我摇到的多是"滴滴打车"、咖啡、机票等的优惠券，事实上究竟用在哪里、金额多少，实在没什么看处——只想借此图个乐子！然后这两天，或者更早的时候，我发现微信"卡包"的图标前频频出现一个小红点，打开它，它提醒着我：××券过期了，×× 过期了，过期了，过期了，过期了……转眼卡包中的优惠券只剩下四张。这真是件神奇的事情，我奋力摇摇摇、甩甩甩，得到的一张张"人民币"就这么飞走，我却也没有感到捶胸顿足的懊悔。

回头想想，是不是商家在作怪？微信红包似乎努力让那一刻变得热闹，却从不告诉大家错过了什么，它只微微在屏幕上歇歇脚，拍拍屁股就走了，没留下任何关乎"年"的东西。

随着长大，感到每个春节似乎来得越来越快，但年味是越来越淡了，是生活太好了？人情太薄了？还是其他什么的原因，总之传统节日的"传统"很难找回了。

妈妈，放手吧！

独自搭乘火车之行并不快乐。

下了地铁，直通北京南站。走过绿箭头标示的关卡，我以为妈妈要放手了，但她引着我去前台兑换网上购买的车票；升上三楼扶梯，我以为她要放手了，但她带着我找到检票口；安排我落座后，我以为她要放手了，但她前去服务台买站台票……我其实那时已有些恼了——说好了放手，何必再拖拉。服务台前的姐姐皱眉，把我叫来，问："15岁？"规定只有7岁以下的孩子才能让家长送到站台。我几乎想说："妈妈，拜托您放开我的手吧！"

她陪我进了检票口，一张粉红的站台票上钩着"病"字。她继续跟我找到车厢，寻到座位。她仍不肯放手，在一旁无人的座位上坐了一会儿又一会儿。她最终是被我"轰"下车的，这时邻座的人还没来。我发短信通报列车开车的消息，她很快回复了一个笑脸，注上"我看见了"。我心里很不是滋味。

刚在去年夏天，我们同乘一列地铁到达此地。我认得兑票的地方，认得黄橙橙的检票口数字。我有一双眼、一张嘴，兜里揣好了身份证，被一群又一群志愿者包围，我想说我可以，却未说出口。彼时妈妈正纠结我的帽子是戴在头上、挂在颈上，还是替我掖进随行的背包里。

服务台小姐最后的妥协是这样说的："您教她这一次，以后就放手吧。"所以，妈妈，以后就放手吧！

刚下课，班主任冲进教室抱住我激动地狂喊——"你就是我呀"！她被这篇文章感动了？

你们没见过夕阳吗？

我很喜欢"音乐与舞蹈"选修课！

本以为第九、第十节课一定该昏昏欲睡了，但没想到上完课当然还有课上的时候，竟然越来越亢奋！老师一见面便提出我们太安静了，艺术，无论音乐或舞蹈，都需要表演者由身到心放松、自然流露感情。

面对宽阔明亮的镜子，我们从学步开始，踏着音乐的节拍齐步走，直到看着镜中的自己不再别扭为止。第一次这样走的过程中，我从镜中看见身后整齐排列的男女生，不禁开始像"提线木偶"一样，纠正自己动作中"不放松""不规范"的地方，越看就越不心虚了……

我尝试着每次像走在回家的路上那样——穿着舒适的运动鞋，身体轻微地摇摆；挽起校服宽大的袖子，走得颇为"汉子"，理直气壮，霸气侧漏！逐渐地，表面上不敢，心里头真也"摇头摆尾"起来。"这个女生做的比较放得开……"我挺胸抬头，心里暗吼：是吧……帅吧……厉害吧！

前两天，我已被荣幸地通知：舞院夏季班招生完毕了！这个消息不至于天打五雷轰，但也有些失望和遗憾。很久没有像今天这样发自内心的轩敞和豪迈了！这种亢奋的情绪在我放学走出地铁站时仍在延续——楼宇间有夕阳的余晖；近处的青山黑些、远处的红些，顶上是赤焰色的，然后渐渐趋于平淡……

　　我走在路上，一直遥望着那一隅，一直高昂着下颌。有路人看见我的神情，也顺着我的目光好奇地望去……我简直想拽住他们的衣襟大喊："先生们，你们没见过夕阳吗？！"

期末考试的一篇命题作文。"你"提醒了我，给了我今天必须进步的要求和动力。

你和我

也许在这个不过广辽的世界上，最难得有什么事情会因为有了你而生出折点。虽然你这样的微小，却足以影响现在的我。

一年前，你穿着紧绷的白裤袜走在去舞蹈殿堂的路上。你躲在汽车后视镜里望不见的一角，无法抑制哀伤的眉眼，泪流满面。那时的你心有不甘：如何能为这样的功利放弃长镜前袅娜的自己？却在朦胧中隐隐晓获你以后的路——努力学习，备战中考……那时，你的身材在逐渐丰腴，头脑也在不断成熟。你知道这条路着实是合适的，于是你恋恋不舍地最后与舞鞋日夜缠绵，终于言弃。你想，你总会为了这天的言弃为自己讨回点什么！

半年前，你如愿上了这所学校的高中，盯着手中人文实验班的宣传，木然。你喜欢，更习惯从低缓一定的坡上爬起，却只能被母亲半推半就地进了那间压抑的面试厅。你虽不情不愿，却也暗自紧张湿了手掌。你向那位"大人物"恭敬地问好，她只抬了抬眼，你尴尬得不知所措，耳边只剩下母亲滔滔不绝地宣讲你的来历、引荐你的"文采"……"大人物"只动了动唇，打断母亲，苛言批判了一番你的成绩，最终一脸勉强地将你收纳其中。那时你站在这冰冷的面试厅中，觉得自己受到了莫大的侮辱。为她一句"别总让家长替你说话"，你几天都郁郁而不得。

自己做尽这一切，究竟值不值得？但因为你让我开始懵懂地认识到，这样的挑战只是一个开端，想争得自己的话语权、展示自己、令人信服，则在提高自身修养之余，要时时处于一个开放、自信、强势的地位。这样安静无争的你，生发这样的思考，也总算因为这一天的自己有所攀高。

后来，你高中生活的最先的半个学期，是在无比的自卑、反悔中度过的。每周日晚便开始紧张新的一周的生活，在稀少的物理课上悄然红了眼眶。后来，说你麻木了不如说你进步了，你不想再这样难过地过日子。你提醒自己打起精神听课，你在零散的时间里背诵、预习，你甚至有了雄心壮志，意识到自己还太单薄，想着多读些书……那段日子，即使难过，却也因为有了你的这些日子，过得充实，过得漂亮！

因为你这样微小，我只能在望不到头的征途中不断进行抉择、不断品味纠结、不断尝试坚持……

因为有了过去的你，现在的我逐渐成长！

瞧见那些少男少女了吗？
他们的风采——
是跳跃的、奔跑的
是簇拥的、攒积着力量的
是活泼的、激昂的
是团结的、正蓄势待发的
……

——林子

风华少年

放学的一天，亲历了一幕，血液凝固了，我不知道何去何从。

地铁里的歌手

我想那大约是初夏里最热的一天，地铁里沉静得很。

夏天的气息刚刚在空气中萌发，即使地铁里人不算多，但人贴人一排排地坐着还是有些闷热。我挽起长袖，把书包放在腿上，指甲盖略带不耐地，一下下轻扣着手机壳的背面，指下发出节律分明的"嗒，嗒，"，声音沉闷又分外单调。

我低头用余光窥视地铁里，车厢的门口蹲坐着一个女人，穿着宽袖口的褂子，红红绿绿的大花带着暗沉的色彩，银丝在鬓角交错着。她面前端正地摆着一个红白蓝条的大编织袋，目光停滞在红白蓝条之间，摸不清在想什么，或许是今后在城市的生活，抑或是其他。同我坐在一排位置上的一个男人，面颊泛着运动后的潮红，赤膊上阵，汗水沿着发、颊、鼻、唇、颈、胸、肋、腹缓缓流下，滴答在深蓝色的大短裤上，晕染成一点墨蓝。

我缩了缩视线，在即将合上眼睛的时候，一阵低沉的歌声伴着仿若能见的曲缓的音律传来。车厢里的人都逐渐抬起头，探着脖子张望歌声的源头。我也伸着脖子瞧，只见一个白点儿从另一个车厢走进来。越来越近了，看清了，我感觉那一瞬全身的器官都停运了，手下的声音骤然停止，指甲随着一声"刺——"在手机壳上留下一道浅浅的划痕。我微微扬起头注视这个男人，又飞快地把头低下去，死死盯着书包上的拉链。仅仅是一眼，那个男人的神情、动作已不由自主地在我脑海中翻搅。

他头发尚黑，却给人一种莫名的灰蓬蓬的错觉；面色灰黄，额角的几缕头发下隐约有一块拇指大小的深褐色疤痕；眼眶微陷，略有沧桑但无颓唐。而下半张脸却是最令我心惊的，我猜那大概是火灾留下的痕迹：鼻子和嘴唇都经过了整形，整形之处平滑偏白的皮肤在那张皱褶的脸上显得十分突兀；鼻尖扁平扁平的，就像平原上的一个小土坡，几乎没有任何起伏；本应是红润饱满而又富有流畅线条的唇的地方却似一个洞，约莫还可以看见缝合的疤痕。他没有右边的小臂，也没有左腿，一支拐杖斜夹在左臂腋下，手中还拿着那只传出歌声的话筒，样子别提多别扭了！

待我在脑海中把他的拐杖正立起来，再次仰起头凝视他。他即将走到我面前，步伐极其缓慢。"人生的不幸啊——"歌曲暂告一段，他用平静但悠远的声色叙述着，"三年前的一场火灾，让我失去了手和腿，现在没有工作单位敢要我，就在地铁上给人唱歌了……"在他说"没有单位敢要我"的时候，我惊异地发现他低着头，如洞一般的嘴紧合着向上翘起。我回了回神，他已经走到我面前，那只断臂在我眼前晃来晃去，"我是来正当挣钱的，"他指了指脖子上挂的纸袋，"喜欢听我唱歌的好心人，放点儿钱在袋子里，生活不容易，我会感激你们的。"良久，默叹，"谢谢。"

他的淡然和勇气，让我认定他是一个真真正正的歌手，像站在舞台上那样的歌星。地铁中几乎所有的人都放下了手中的事情，用不同的神色看着他，有哑然和同情，也有悲悯和不屑，甚至有嘲讽和讥笑，但没有人伸出手。男人稍稍领首，歌声又开始在车厢里回荡。

仿佛羞于示人一般，我用两只手指从钱包中夹出一枚硬币，他恰巧看着我，我立马把硬币攥在手心里，指尖在攥紧的手掌中摩挲，汗水浸湿了硬币。踌躇许久，直至他唱着歌从我身边走过，我也没有把硬币放入他的破纸袋里。我不知道自己究竟在惧怕什么！

"咚"的一声，硬币掉进钱包里，和其他硬币碰撞发出闷闷的声响。我心里一惊，正如第一眼看到他那样。

俄罗斯之行，其他的逐渐淡忘了，可是这些帅气奔放的男孩子仍是记忆犹新。

男孩子的山坡

到了俄罗斯金环小镇之一，我们在那里稍作休息。

迎面就是一座极陡的、高高的绿色草坡，左边紧临一栋白色的教堂，一座没有什么特色、没有什么气概，导游都没什么说头儿的教堂。于是这高高的草坡便成了小镇的中心风景。

我们在这里逗留了很久。一群看上去和我同龄的男孩子们，正在草坡上尽兴他们的游戏——在小小的山头，七八个男孩和他们的自行车簇拥在那里；他们队伍中的一个准备好了，身体便稍稍前倾，享受车子顺着草坡往下冲去的一刻。

草坡的滑道很长，可以从一百多米的高处一直滑到我们停在路边的大巴车旁。草坡上茂密的绿草在一次次的"滑翔"中，已然产生了车辙印，成了绿色"滑道"了。这滑道起初只有清晰的一条，再后来近平地就各自分散开来，就像河流的分支，最终走向遥遥的远际。游客掠过男孩子们的山头，议论两句便走向草坡尽头的观景台，和那座"没什么意思"的教堂摆拍。唯独我仍停留在那里，那个男孩子们称王称霸的地方。

兀自蹲下，视线和车子的轮胎齐平，似乎谁的前轮正无声地按下低语的细草。坡起初很陡，然后渐行渐缓，我想象自这里滚下去尚有惊险。前轮向前、向前，发动了！矫健的身体自车把、车蹬向上挺起，直直地、毫不畏缩地俯冲下去；有时候竟还要张开双臂，衣衫都被风涨成一轮满帆……我想那一定是把又重又硬的山风抱了满怀；俯瞰越来越近的山野，是不是就像秋千荡至最高处，凝视蹿上眼前的地面的感觉？除去正在感受刺激的男孩有一脸严谨，其他人却往往笑叫起来……

　　摆拍的大叔们满意地走来，占领了男孩们的鳌头———一个约有十米宽的坡顶。他们顿顿步站在那里，一手掐腰，一手遮阳，或者遥指，企图俯瞰这座城市。男孩们困扰地一挥手，骑着车走了，接着又选择在人行道旁争先恐后。

　　不过几分钟的车程，等我们抵达目的地的公园再各自散步时，那群男孩子又出现在那里，再次选好山坡，一个一个冲下去。这次他们的方向是山脚下的另一座城市。

　　我刻意避开他们，行至不远处的高台上。这里的景致很微妙，眼下的栏杆上栽了一盆盆粉色、白色的喇叭花；探出栏杆，便是笼罩着团团蓝雾的另一个、低矮的城市。在这边眺望时，圆形高台的另一边有位自由艺人，坐在凳上，摇摇晃晃地拉着他怀中的手风琴。手风琴有种特别的音色，"刺啦"作响，伴着风声，还有男孩子的笑叫，特别有种别样的悠扬。

在欧洲遇见一群与我同龄（15岁）的孩子，他们活泼、团结、向上的精神感染着我。

少年风采

少年的风采，是充满活力的青春。他们不像壮年人那样风姿绰约，也不若老者那般通今博古。少年，我们都是少年！

瞧见前方那几个少男少女了吗？他们都是少年。有着强健或者纤细的身影，修长的手脚被阳光染成小麦色，带着劲儿地挥舞跳跃着；他们利落的短发被微风揉乱，有的还晃荡着金黄的马尾辫。当然，最耀眼的就得数那身球衣了，崭新崭新的，中央的号码白得发亮。他们勾肩搭背地朝球场走去……

天是最干净的蓝，云被撕成一絮一絮的。年轻的少年们穿戴着亮红色、湖蓝色的队服，在茵茵绿草上有条不紊地追来赶去。那看起来像棒球，所有少年们的眼神都专注地追随着那一颗小球的运动轨迹，随时蹲着马步举着球棒，在整齐划一的"嗨嗨哈哈"中有力地举起来，又有力地收回到身侧。前面有个少女放低了身子，把球棒向后举到了肩头，她看起来像是蓄足了力量，球棒被双手攥得发抖。"砰"的一声爆发，少女立起身，球棒随即挥到了左肩；而球呢？早已画过一条坚定的弧线，稳稳地落在另一名少年手中！

接球的少年手上戴着和熊掌一般大小的手套，牢牢地抓住小巧的球，阳光下金色的脸庞透露出坚毅又紧张的气息。"嘿嘿"的叫喊声和欢呼声一浪接一浪地翻涌在球场中，少年们炽烈如火的情绪把四周的空气都烘热了！拿着球的少年抡起结实的臂膀一掷，只望见那只小球又飞回少女的球棒顶端……

在球场的边缘松散地坐着另外一排少年，红衣的、蓝衣的都纷纷举起胳膊击起掌来。最左边的少女身边端坐着一只金毛犬，正扭头凝视着天空中飞来飞去的小球，正看到精彩之处，倏地被它心情极度亢奋的主人搂住脖子亲了一口。还有的少年，甚至朝着球场上挥洒汗水的球员吹起了轻快的口哨呢！

我依偎在栏杆边上，注视着场上的少年们的一举一动。一会儿一个小红点急速地朝一个小蓝点奔去，一会儿红色和蓝色的小点又层层叠叠地交织在一起，一道红色流星在一颗蓝色的星球面前陨落，紧接着一簇簇穿着红衣蓝衣的少年一起跑过去，拥住跌倒的少年……

瞧见了吗？这些球场上奔波的少年独特的风采——那是跳跃的、奔跑的、簇拥的、攒积着力量的；那是活泼的、激昂、团结的、正蓄势待发的……

少年，我们都是少年！

家门口的一家包子铺，"哺育"我长大了。主人没变，伙计里却总有新面孔。

包子的味道

天阴得很，我站在十字路口时常光顾的小笼包包子铺里，汗沁在皮肤底下似的，闷热的空气充斥着阴郁。

包子铺的店面虽小，但还算整洁，也不知道什么时候，案板前又多出张新面孔。

"叔叔，要两笼包子。""哎，好嘞！""新面孔"比出两根粗粗的指头，操着一口道不明是哪儿的口音，拖着长音儿自言自语："两笼好啊，祝…祝你——喜事儿结伴儿来！"

我嗤笑着把视线挪到他脸上，心想哪有买两笼包子就能喜事儿双双的理儿？仔细打量他，倒是发现除了语气老成些以外，横竖都还且算不上"叔叔"的年纪：全身胖嘟嘟的，把脸上挤得只看得见两颗眼珠子和大大的蒜头鼻；蓬松的头发没准儿只是用手拢了拢，像头炸了毛的猩猩一样竖起来。一副憨憨的样子，哪门子生意人这么傻呆呆的？我私下想。

瞧着他一心一意包包子的样子，甚是可爱。他频频地皱眉，眼睛时不时眨巴着，狠命盯着宽厚的手掌里托着的小圆面坨。一边包着嘴里一边叨念着："一褶儿、两褶儿、三、四、五六七，八褶儿刚好！"每数一褶儿就像小鸡啄米一样点一下头，每包完一个包子就用手指头把它揪着拎到蒸笼里去。他嘿嘿地笑，眯着的眼睛和八戒一般。我偷着扭头忍不住笑他。

两笼包子历尽千辛终于一个个出溜到锅里去了。我看看包子，再看看他，那包子长得随他，圆鼓圆鼓的；他也像那包子，肉乎乎的脸蛋儿上沾满了面粉，一扑棱满围裙都是。

趁着包子入锅的间隙，他转身靠在案板边儿上，用大手呼噜了把脸，跟我随口侃起来："姑娘俏的，以前老来这儿买包子吧？"我笑着应了。他见我不爱说话，又开始自己絮絮叨叨："待会儿你瞧着，我包的包子啊，油水多，不像我舅那个，净是大厚皮儿。肉馅儿要包满了，包子才能好吃是吧！"

刚出锅的包子腾着热气儿，见我嫌烫手他便多拿了两个袋子递给我。香味儿漫散出来，可实诚了。

店里的灯晃晃悠悠的，到处都充盈着闲适的氛围，只听见又有客人嚷嚷着："哥们儿，再来一笼包子！"他便又抄起面，包起包子来，一会儿从远里看，一会儿再近里瞧。

我们的诗歌朗诵比赛获得年级第一的嘉奖，这家小店功不可没。

小店

为了租借朗诵比赛的服装，我和同学邀约一起去北京舞蹈学院附近的小店转转。

舞院西边的马路很窄，时常有面包车、大货车或者摩托车绝尘而去，街上灰尘仆仆，天空好像也格外浑浊。等眼前突突的机车飞驰过去，我掩住口鼻、蹙紧眉头，张望街边的小服装店。乍一抬眼，就有一堆堆的店面顶着脏兮兮的招牌闯入我的视线。"红舞鞋""红绸带"……眼花缭乱地望着一个个都能和舞蹈扯上边的店名儿，我撇了撇嘴角。

晃晃悠悠地转了一圈，我们挑了个门槛最高、店面儿最小的店铺钻了进去。店里挤满了穿着各式各样衣服的假人模特，挤挤攘攘的。在昏暗的灯光下，可以看见一张裁剪衣服的木台子，麻雀虽小五脏俱全，屋里的衣服也算应有尽有，或挂置或码放，一切都显得井井有条。

这个小店之前我曾光顾过几次，于是一眼便瞅见台子后头正挂着围裙忙碌着的男老板兼裁缝。"叔叔，有宋朝的男装女装吗？"他抬起头，停下手中的活，憨憨地一笑，"有啊，这这……

都是呀！你们要什么样的啊？"老板相貌平平，脸胖胖的，肤色偏黑，一笑眼睛就小得看不见了！塌鼻子，暗紫的嘴唇，看样子很老实。我扫视着他摆出来的服装，心中隐隐有了数。"多少钱一天？""60"，他指指我和同学，"这俩小姑娘去年还租过呢，一套80来着。"我立即反驳回去："去年是50一套，叔叔，这条街上都50吧！"他还是慈慈地笑，连连点头："对对，就一套50吧。"我在心里暗笑。

台子旁边的女人斜瞟了老板一眼，看着正在砍价的同学，冷不丁开口道："你们不是还有钱吗？"我转过头愣了一下，正是前几次我们为租服装砍价时，令人感觉次次只想撞墙的阿姨。这位阿姨似乎是个神龙见首不见尾的人，闲暇时总爱倚在台子前瞭望街上形形色色的过客。她习惯性地交叉着双脚松垮地站着，大有一派看好戏的样子，只有必要时才插上一句嘴，但字句都让人无言以对，似乎要把人逼入死角。她的确有着一副干练的样子——简练的短发，一点也不拖拉，但发型十足像个成熟饱满的柿子椒；脸色惨白惨白的，不知道是本身就如此还是粉底打得太厚，鼻子上架着一副宽边的框框眼镜，让人看不清镜片底下暗含的内容！隐约觉得，在和她对话时，有两道颇为凌厉的强光透过镜片直射到我的脸上，就像有透视功能一样，似乎能看透我们的心思，让我感到阵阵发怵。我悻悻地想，这个奇怪的女人，不仅喜欢看人遭殃的样子，还刁钻刻薄，脾气古怪，再也不要遇见她才好！

经过几个回合，最终老板以48元一天的价格妥协了。出了小店，我回头看了看店名：红黄蓝。

一个有趣的小店，两个有趣的人！

经常去北海滑冰，却未曾关注过"五龙亭"。这次学校组织北海公园社会实践，"五龙亭"的美深深吸引了我。

北海五龙亭

中秋之际，天碧云洁，我和同学们邀约来到北海公园北岸西部的五龙亭。

若硬要讲五龙亭景观，我认为它应归属为带有自然旅游资源色彩的人文旅游资源。基于这一点，五龙亭极具美学价值和历史文化价值。

详述五龙亭的美学价值，首先要从它的总体外观造型说起。五龙亭之所以叫作"五龙亭"，是因为这一景观由五座独立的亭子组成，自西向东分别是"浮翠亭""诵瑞亭""龙泽亭""澄祥亭"和"滋香亭"，每座亭子之间以造型婉转的"S"形桥面两两相接，单数亭下有单孔石桥。从北海上空俯视，五龙亭犹如一条盘龙潜伏于太液池的边缘，一览东南方的广阔湖景。若以湛蓝的湖面为苍穹，五龙亭又好似晴空中展翅的大鹏。

除俯瞰五龙亭外，站在亭内赏景亦别有一番趣味。亭与塔、神兽与美人隔湖相望，远处弧形的长廊围拱起丛林掩映的琼岛，岛上以碧翠繁茂的树木为袍，密实地包裹着白塔，又隐约透漏出白塔秀洁的背影。除此之外，五龙亭同时也是北海公园西北角上"小西天"方形大殿的引子，没有它的呼应，小西天再有雄伟之意，居于角落终究显得寂寥又孤独。

五亭皆为绿琉璃瓦顶，黄瓦剪边，檐下梁枋施小点金旋子彩画，绚丽多彩，金碧辉煌。然而细看，作为五龙亭中最为突出的一座，中央的龙泽亭当之无愧。其余四亭的造型设计，由外至内分别为方形单檐和方形重檐，唯有中央的龙泽亭屋顶呈上圆下方的重檐攒尖顶，寓意"天圆地方"。站在亭中仰视圆顶，龙泽亭檐顶共由四圈围成——外圈皆为花青和青绿色组成的瓦形图案，由边缘向中心逐渐变浅；最内圈全部以赭黄色为底，圆形与正八边形交错环环相扣；中心有非完全对称的人面龙身图纹，外沿又有极为精巧的雕饰沉浮环绕，实在恢宏恣意。

不难看出，五龙亭，尤其是龙泽亭，从配色到细节样式，无不华丽而大气。这就不得不说起五龙亭的原先的作用，以及其所包容的历史文化内涵。清代顺治八年，即公元1651年，拆除北海泰素殿，改建为今天的五龙亭。其中龙泽亭专供世代帝后们钓鱼、赏月、观焰火，其余四亭是文武官员陪钓的地方。这也正是上文中提到的龙泽亭造型的特殊性所在，单从此亭的名称亦可看出。五龙亭的对称排列、不同建筑形式也充分显示了皇权等级，龙泽亭的"天圆地方"，正是宣召皇权的至高无上性。

看来，五龙亭虽仅居北海一角，但其重要性实不可没。

去看望未曾谋面过的太姥姥，未曾想相见即是"离别"。

停留，也是一种爱

"太姥姥过世了。"听到这句话的时候，我正和爸爸守在太姥姥的床头，灼热的视线久久地停留在她生前因咳喘不息而红彤彤的脸上，欲将我们彼此的爱融化在这里！

太姥姥已经 102 岁了，在这个并不发达的小村子里已经是长寿中的长寿。她一生看了不计其数的生生死死，终于轻轻合上了疲惫的眼睛。我用手托着她的脸颊缓缓抚摸着，拇指停留在一层叠着一层的皱褶上，仿佛触到了她还有点温热的脸庞对"生"的期望。我顿时有些僵硬，任性地想："人生自有真情在，有这么多人爱着她，她为什么不在世间多做些停留？"

漆黑漆黑的棺材盖合上了，发出沉闷的声响。棺材置于厅堂的最中央，右侧的墙壁上挂着太姥姥的黑白遗像，照片上的眼睛和皱纹一样眯了起来，深深的笑掬在人们心上。屋子里静悄悄的，以至我能清晰地听见所有人杂乱无章的心跳。到时候了，屋子里满满一厅人相互对望，又一同悲恸起来，"太嬷啊太嬷""姑儿呐起来哟"……哭声挽留着太姥姥，好不悲恸凄厉。

所有人都留在家里，按不同辈份穿上了白、黄、红的丧衣。又是一阵哭悼声后，大家由老至少，一个一个跨出门，没有一个不是一步三回头，还不时抹着眼泪，不断向那棺木里的人鞠躬挥手。

　　下葬的队伍极其庞大，大约是太姥姥有太多子子孙孙的原因。二里长的路上排满了人，稠密的花圈和挽联使气氛更加压抑。倏地，爸爸停住脚步，眼眶红红的，任队伍中的人们从他身边踱过。他目光悠远地望着最前面的棺木，嘴唇蠕动着。我看着他，想说什么却哽住了。

　　人群围着墓地走了三圈，然后停步垂首悼念已逝的老人。我偷偷抬了下眼，爸爸在远处也低着头。

　　一路上，野花纷纷开放。蝶恋花，于是在花上停留；我恋蝶，于是目光在蝶上停留。爸爸也停留脚步，因为他深爱着太姥姥！

12 岁的记忆绽放的都是"花朵"。

那一次，我们一起去看花

　　嗨！你们还记得吗？看着春天里争奇斗艳的花朵，思绪不由得牵引我回到了那年夏天的毕业旅行。那时，正是花开的季节。

　　经过两天的火车旅途，我们终于到达了上海。那里对我们来说已经不算什么新奇的世界，但我们知道，我们该分别了，在这毫不新奇的世界里，却生出了不同的感受。

　　我们约好了，第二天早些起来，一起去看花儿，享受异乡清晨带来的清新。我们跑出宿舍，像一阵卷着五彩缤纷花瓣的风吹过，衣着是那样艳丽，比花园中的花儿还要鲜艳。寒说："这花儿眼看着就要谢了……"我们七个人背靠背坐在花丛间的石阶上，时不时顽皮地用两根手指掐下一朵即将要谢的花来，一定要是自己心中最漂亮的，轻轻地别在好朋友的头发里，把回忆播种在心间……

　　我们不顾前一天的雨是怎样把土变为泥泞，人字拖、凉鞋一同踏入这自然的气息中。我们排成一列，后面的人扶着前一个人的两肩，像一列歪歪扭扭的前进的火车似的，一步步　着泥泞。新嚷嚷着："小心，小心！走慢点儿，小心扭了脚！"朋友的关心总是比阳光下的花儿还暖。老师拿相机记录下这一刻，我们的神态各异，有赏花时露出的微笑，有失足后的痛苦。这辆小火车就这样歪歪扭扭地一路开着，开了六年，多少节车厢互相扶持，磕磕绊绊走到了这一站……

　　我们走到马路上，那几乎是条闲置的马路。我们迈着大步，使劲把拖泥带水的鞋往地上跺，溅起了小腿那么高的泥。我们边走边肆意地、爽朗地大笑着，笑出了眼泪，像是在笑花儿的天真浪漫，又像是在笑逐步走向懵懂的成熟的我们……

　　我们毕业了，花儿是不是也该凋谢了？我不知道，我别在你头上的那朵小花，是不是还留在你的记忆的哪个角落？我不知道，那辆小火车，是不是还属于我们？

　　我把那朵小花和曾经的我们，小心翼翼地收藏在离心最近的相册，包括那次，我们一起去看花的事情……

随着学校小作协来四川笔会，感受到"天府之国"的简洁和热情。

成都初印象

站在成都双流机场的大厅里，我心里多了份喜悦，多了份期望。这里不像北京的机场那般富丽堂皇，普普通通却简单而敞亮。成都的机场是我对这里的第一印象，究竟还有多少等着我去探寻？成都，我来啦！

从机场通往三星堆博物馆的路上，沿途的马路不宽，但是清扫得干干净净。来来往往的车辆通行还算顺畅，并没有北京大都市那样的"百笛争鸣"，让这个小镇一般的城市多了一份清静。马路上时不时还有些穿梭在小巷之间的公交车，车的四周是明亮崭新的玻璃，能够将车中的情形一览无余——沿边整齐排列着两排流线形的木椅，形形色色的人们端坐在椅子上，那种气氛反而不像是在乘公交，更像是端坐在西餐厅里，绅士般地切割一块牛排，或者品味一杯上好的咖啡，人人都正襟危坐，倒是分外让我感到清新和端庄。再看看马路两边，既没有高耸入云的玻璃大厦，也没有灯火通明的咖啡厅、商业街，有的只是"灰头土脸"的普通民宅、茶馆，从上面不时滴下来几滴未干的雨水……无论何时何地，耳畔总彷徨着悠扬的歌声、笛声，显出这个城市有些古朴的气息。

第一天行程结束，我和同住的女生一起到宾馆门口的水果摊上买水果。一位身着土黄色衬衫和黑色长裤的大婶儿，扯着成都口音的大嗓门儿对我们喊："小姑娘，这儿来，这儿来！"我回头仔细打量她，褐色的皮肤上散布着深褐色的斑块，岁月在她脸上留下了褶皱的痕迹；嘴唇呈紫红色，在风中变得干裂，干枯的头发乱糟糟的在脑后扎成一团。她隔着放水果的三轮车，伸长脖子探着脑袋，一只手撑在木板上，胡乱把袖子撸到胳膊肘上，露出瘦弱、骨节突出的小臂。她压低声音，狠命瞪大眼睛，撇着嘴角凑到我们跟前说："这苹果，瞅瞅，个儿大味儿甜，还便宜，我削下块儿你们尝尝？"说着还不忘将另一只手里的苹果搁在我们眼前晃一晃。正当同学把大婶儿递来的一片苹果塞进嘴里时，摊位旁边的大爷笑呵呵地对我们说："小姑娘哟，别被她给忽悠喽！"他一手指指旁边的苹果说，"这比她那儿的好吃！"我们迟疑着，正打算走过去看看，这下倒好，所有摊位的卖主蜂拥而上，这边儿一句"小姑娘哎，买这儿的！"那边一句"小姑娘喂，这儿的比那儿的都甜！"我们遭到了四面热情的围攻，于是只好趁着一片混乱和嘈杂"溜之大吉"了。

这个简洁、端庄，热情的城市。窗外的笛声依然在响，回荡在耳边，婉转而悠扬……

似乎是一篇仿写，但记不起来是仿写的哪位作家的哪个篇章了！

是谁叩开了春天的门？

是谁叩开了春天的门？古板的老人们说："好雨知时节，当春乃发生。当然是春雨了。"严肃的大人们说："一年之计在于春，一日之计在于晨，别总是瞎想这些没用的问题！"可谁又真正追寻过呢？孩子们，也包括我，只是趴在冬的窗口上，想着、盼望着可以一睹是谁有这般神力？

我趴在窗口边，看着楼下的一幅画。是毕加索的油画。他画得栩栩如生哟——那迎春花的鹅黄和金黄，颤颤悠悠着；那茵茵绿草的抹茶色和淡绿色，像是用刷子一点点涂抹上去的，摇头晃脑着；那小区池塘里的一潭死水，也荡漾起来……它们都在寻找是谁叩开了春天的门。

我趴在窗口边，看着对面矗立的楼。是几米的铅笔画。他画得滑稽而朴素，那乳白和青灰的砖片，竟像星星般躲躲闪闪；那天蓝色的窗帘，好像晴天娃娃的裙，飘逸着；那屋中的女孩儿，也用水汪汪的大眼睛看着这边的春，专注得忘记了束起凌乱的长发……她也在寻找是谁叩开了春天的门。

我仍然执着地趴在窗口边守望着，从雨看到晴。雨丝越来越斜，倾斜得好像时刻会跌倒的可怜模样……终于它们失足了，全都匍匐在雨后的泥泞上。当它们再也挣扎不起来，当太阳绽放出温柔、和蔼可亲的笑脸，雨丝们重新回到空中，化成了雾和云，安详地俯视着地面……它们与我和小女孩一同寻找着是谁扣开了春天的门。

　　我们不再耐住性子，都跑到花园里去找她，焦急、迫切的好像失了魂似的。"淘气鬼，你在哪儿？"此时早春已去，叩开春天的门的淘气鬼随即显露出原形——是春风！她驱走了白雪皑皑的冬，她带走了发丝间的冷，她唤出了生机盎然的春季来陪伴我们。

　　我、女孩儿、云雾们爽朗的笑起来，春风不仅扣开了春天的门，还叩开了我们的心扉——春风，她在哪儿？她会把我们的笑容带到哪里去呢？

我喜欢北京的秋天，每一个符号都充满韵律。

秋天其实很快乐

从古至今，无数文人墨客描写秋天，都以凄美、悲凉为主题。但当我真真切切地走进秋天，却发现秋日的一点一滴都洋溢着快乐。

秋风，跳跃的音符！

清晨，秋风带着阵阵凉意袭来，沿着指尖蔓延到脊梁。秋风让花草树木旋舞起来——枯黄的草叶虽然即将走到生命的尽头，但风的歌声使它支起纤弱的腰，四肢努力随着风的韵律摇摆，仿佛在用这样的律动唤醒成千上万的伙伴；小草扭动着身躯，好似在互相吐露对季节交替的喜悦之情，更若是勇敢演绎它们跌宕起伏的一生；树木随着"呼"的狂风吹过，突然停歇下来，齐齐地向关注演出的众生鞠躬谢幕。

残叶，快乐的舞者！

残叶仿佛在人们心中已经成为了秋天的代表，从而没有人再去注意金黄赤红中夹杂的墨绿，那是一棵路边的杨树，高大而粗壮。它的叶面依然油亮亮的，叶子的背面呈清新的浅绿色，明晃晃的阳光照在上面显得倍加华丽，曲折的脉络就像我们的掌纹一般健康清晰。光晕不断徘徊在叶面上、叶隙间，恍惚着，扑朔迷离的光彩中，我看见的不是秋的老者的苍凉，而是春的孩子的笑颜。它的生命丝毫没有被人们对秋天悲观的思想牵制，反而更加招摇地挥舞着它成千上万的手掌，在秋日下交错、重叠，好像在尽心的去跳一支交谊舞，仿佛在诠释着一生中人的相遇、交错和分离。

月夜，恬静的心灵！

夕阳已经逐渐从我的视野中淡去，剩下的只有远处和地面融为一体的黯淡的山影。抬头仰望着蓝黑色的天空，墨色将绵絮一般的云朵徐徐渗透，直到黑夜将它们完全吞噬。今天是中秋，不知道是不是有月亮呢？我打开窗户探出头去，一轮圆月映入我的眼帘，圆得好像是用一支光洁的瓷盘勾勒描摹出的，皎洁的月光为周边照亮的云彩镀上了一层银。寂静的夜空里没有一颗星星，仿佛若有一丝一毫那样点缀的装饰，就会打扰它安恬的氛围。这样的月夜，没有亲友的离别，没有压抑的思想之苦，仅仅有被月光浣过的心灵体会到的宁静的快乐！

我生在十月，约在寒露时节，度过一秋，便证明我又长大了一岁。我喜欢秋天，因为它快乐，同时怀揣着我对未来的期望！

北京的冬天是清冷和寂寞的，但有着一份干净和干练。

冬日的早晨

——《济南的冬天》仿写

对于一个在北京的秋天待惯的人，像我，早晨要是不在清冷中夹杂着喧嚣，便觉得是个奇迹；北京冬天的早晨比秋天更少了份烦躁，把那清冷化成了寂寞，只因为之前太喧嚣，北京冬天的早晨是清寂的。对于一个刚刚适应北京秋天的清晨的人，像我，早晨要是没有弥漫着的轻沙混杂着野花香，便觉得是怪事；北京冬天的早晨是干净又"干练"的。昨天还下了点儿小雪，朦胧了整个世界。

要是冬日的早晨单单只有雪，那也不算什么独特景色。请闭上眼睛想：薄薄白雪覆盖了大地，有些金黄的树叶还未落，有些火红的花儿还未凋，凛冽的寒风中它们是傲骨。换一个角度远观，它们又像仙女，一个披着朝阳赐予它的薄薄金衣，蓬勃生辉；一个又为雪的到来羞红了脸，沉鱼落雁。但无论怎样，它们都依然花枝招展，毫无惧怕。有那暖和的阳光呢，我们还有什么不知足吗？

最妙的便是北京冬日早晨的阳光了。看吧，那飘在空中的雪花，一朵朵都映射着太阳的光辉，仿佛飘着的不是雪，而是从天的一角，散落下的金沙。太阳哟，你若是再舞动你那身姿，雪都该吓跑了吧！其实，北京冬天早晨的阳光是够温和呢，不仅没有夏日的酷热，也没有秋日的烦躁。只是太阳也着实被寒冷的天气冻着了，直到七点多钟才从被窝里依依不舍地爬出来，像个赖床的小孩儿似的。也许有一段时间你看不到它，那一定是它在打哈欠吧，再伸个懒腰，要待这些准备工作做完，太阳才肯真正地绽放出笑脸。

搭眼望去，冬日早晨的新北京，不仅仅是"玻璃楼城堡"，在不少地方还是有点书卷气的呢。看看那一栋栋砖红色的教学楼，再钉上一层厚厚的积雪，颇像一个圣诞老人呢！

冬天的清晨刚刚初露头角，正静静等待着我们的发觉……

这就是北京冬天的早晨！

夜与晨，不同的秋的画卷，喜欢静静地感受它们。

秋·夜与晨

N. 1夜

谁又注意过秋天的夜呢？

此时已是丑时，我靠在床头呆呆地望着紧闭却不时透漏出一丝冷风的窗帘，心里想着：窗帘后的世界究竟是怎样的呢？是昏暗的夜空中闪过飕飕冷风，是无声地滴落绵绵细雨，还是一弯新月镶嵌在深蓝的夜空中？掀起窗帘，展现在我眼前的是一个不同于想象中的夜——

一个多么明丽的夜呵——路灯依然执着地亮着，仿佛要用这微弱的光，扶持着整个夜的黑暗，橙色的灯光却突然又忽明忽暗，最终承受不住，灭了，一盏一盏的，逐渐都疲倦了。旁边便是金源了，这购物商城成了夜里最亮的地方，新漆上的亮红、明黄早已经在夜色中黯淡下去，它们毕竟仅仅是表面的绚丽。马路完全潜在夜色中了，来往车辆上鲜艳的颜色也融入进去，车灯闪耀着，奔流着，那样子若搁到天上，必定能与银河星系媲美，倘若将它安置到纯真的梦里，想必也是无数流星轻轻坠入小溪，随波流淌着……

真是被这明丽的热情感化了。我推开冰一般的窗户，一股冰冻的气息扑面而来，从手指尖遍布全身。仰起头望着夜空，既没有明月也没有繁星，这夜空没有那么璀璨，倒是被灯光映射着，更像是渲染着一层不均匀的水粉。

夜，总是那么凄美，掩饰着噬人的痛苦；夜，总是那么寂静，压抑着永恒的孤独。今天的夜却肆无忌惮地逍遥着，流溢着眩目的色彩。

秋夜展现着它独特的风韵。

N. 2　晨

"啊！"随着一声尖叫打破清晨的宁静，我从噩梦中惊醒。"嘀，嘀嘀——"这才5点，谁这么勤奋，早早起床来吵醒我这星期六舒适的时光？

我"哗"地掀起被子，踩着桌子，踏着床头柜，"咣"地推开窗户，用"责备"的目光扫视着窗外，晨雾笼罩着街道、树木…甚至笼罩着整个城市。

丝丝凉意袭来，我并没有感到像被汽笛惊醒时那样烦躁，而是静静欣赏着茫茫的晨雾，享受着那似乎没有一点杂质、一丝尘埃的清新，仅仅是掺杂着一点楼下鱼塘的鱼腥味儿。

不知不觉，我的视线转到了把住的玻璃上——屋中越来越暖和，雾气化成水珠，不紧不慢沿我的手掌的轮廓一滴一滴流淌，两滴汇成一滴，再汇成一大滴，直到它们矜持不住，"吧嗒"地敲打在我的脚背上。

在窗前趴了好久，脸上冰凉又潮湿。渐渐地，这样的感觉遍布全身。我关上窗，思绪却与晨雾一同飘向天际。

喜欢在温暖的烛光下做梦，这是我挚爱红烛的原因。

红烛·暖烛

火光摇曳着，摇曳着，无声地望着我度过了一个个春秋……
我喜欢烛，尤其是红烛。人们总爱用"春蚕到死丝方尽，蜡炬
成灰泪始干"来赞颂烛，而我却更加欣赏烛的默默相伴。

记得一次生日，妈妈还未归，我独自欣赏烛。透过朦胧的
烛光，视野中的墙、桌子、椅子还有生日蛋糕，都随着烛光悠
悠地晃动。不一会，迷迷糊糊的我，在红烛的明亮与温暖下便
睡着了，沉静的红烛伴着小憩的我缓缓地摆首。

烛，它们生得朴素。它的身躯仅仅是一截由红色蜡液制成
的螺旋圆柱，圆柱中包裹着一根粗粗的白棉线，真是再简单不
过了。但是，当火苗舔过线的顶端，便会出现一番与先前截然
不同的景象——橙色的烛光不紧不慢地左右摇动，带着它特别
的节律，如同一位文人骚客沉醉在诗文中无法自拔地摇头晃脑。
一阵小风从它的头顶拂过去，便又摇身一变，成了一个清莲般
纯洁的女子，笑得花枝乱颤；终于沉静下来时，她又伴着跳跃
的火光浅浅地微笑。

偶然，我知道了"秉烛夜游"一词。从那时起，我就幻想

着诗人端着红烛观赏昙花一现的情景。诗人这般倾心于此，究竟是花更美，还是烛更暖？我无从所知，只有沉醉的红烛伴着陶醉的诗人暖暖地凝视。

　　我喜欢红烛，尤其是无时无刻与人相伴的红烛。红烛伴着火光，火光伴着我、伴着诗人，我们都暖暖的，暖暖的……

一幅自画像——清高、孤傲，包容、善良。我试图为猫们申辩些什么。

我是猫

不知从什么时候开始，同学和朋友都开始叫我"林子猫"，一来是因为我喜欢用"喵呜"来表达情绪，二来是感觉我的性格像猫。

喵呜，我是猫——

出去溜达时，偶遇一窝同类——小猫咪，五六只，白色、棕色和灰色的小团凌乱地糅在一起，好不热闹。一条灰白的母猫轻盈而敏捷地朝着猫咪们奔来。眨眼间，刚刚还扭在一起的我们安静下来。我们眯起细细的眼睛，低下圆咕隆咚的脑袋，幸福地接受妈妈的爱抚。妈妈充满了慈爱与疲惫，她用粉红的舌头把我们的小脸颊轮番舔了一遍，砖头搭起的小窝立即被温暖与爱层层笼罩起来。

我们时常并不讨人喜爱，人们常说我们孤傲、我们清高，说猫没有狗那般忠诚，只肯在富贵人家娇生惯养。其实则不然，我们孤傲，但不乏对宠爱的依恋，不乏善良和友爱。我们不是"贵夫人"和"小富豪"，温馨的生活并没有被娇贵的本性破坏。其实，我们是不错的伴侣，我们高枕无忧的姿态比人们要冷静得多，当人类有困惑而脾气暴躁时，他身旁的我们经常会保持泰然自若，这常常带给主人很大的安慰！

网上流传的"萌猫"形象越来越多，尖叫声随之而来——"啊喔，好萌啊！"无辜的我们实在无语加困惑：我们脸上又没开花，为什么那些智慧模样的动物总指着我们尖叫、傻笑或者评头论足？人的摆弄，使我们与印象中的形象相差越来越远，清高或者孤傲都已模糊，留下的只是我们落寞的背影。智慧模样的动物——人，请用你的理性思考，被他人随意摆弄、蹂躏，塑造一个并非本身的猫性，难道不是一件特别悲剧的事情吗？

穿越时空，重新回到人的世界，真希望大家能够理解我这种有着"猫性"的孩子！虽然我们清高或者孤傲，但我们的内心是丰满的，我们也有包容和善良，对友情、对关爱充满着无限的渴望和依恋。

喵呜，我愿意是只猫！

他在我的记忆里是清晰的又是模糊的，是亲近的又是遥远的。

我的最爱

　　我的最爱有两样，一个是只毛绒玩具兔子，它陪我度过了八个春秋。另一个待会儿再告诉你。

　　当它刚刚属于我时，尚且还是一副精神抖擞的模样——灰白分明的颜色，有着长椭圆形完整无缺的眼睛，小巧可人的鼻子和俏皮的大门牙；头上带着顶红绿格子的帽子，手里捏着根儿胡萝卜，活像是从属于公主的童话里蹦出来的精灵古怪的小角色。那是一次在幼儿园大班放学后，爸爸牵着我的手，冲我眨眨眼睛，小声地在我耳边说："爸爸给你带来了一个惊喜哟！"话音刚落我便在老爸的大衣兜里"搜查"起来，经过我的不懈努力，一个可爱的笑脸探出厚重的大衣兜儿，从此那个笑脸便一直与我形影不离了。小时候，我常常固执地揪着它的耳朵，斜靠在沙发上，一遍一遍翻看着公主们故事的插图。看着看着便觉得我就是那些公主的其中之一，有这样一个小动物守候在身边，感到幸福而又富有安全感。但起码，我曾经这样体会过。

　　当我六七岁时，它仿佛成了我身体的一部分，我在哪里，就可以发现它在哪里。一次横穿马路时和往常一样，我攥着它的耳朵，爸爸攥着我的手，摇摇晃晃、东瞅瞅西瞅瞅地向前行。我们正站在马路中央，望着从右手边一辆接一辆像条歪歪扭扭的毛毛虫一般驶来的车辆，听着一声比一声高亢的"轰鸣"的汽笛和司机们探出脑袋时传出的埋怨声。一不留神，正被我捏在手里甩来甩去的它，一下掉到了地面上，它用那哀怨的眼神看着我，仿佛在向我抱怨："这地上太脏，快拉朋友一把！"我心里想着，毫不犹豫地蹲下身，小手抓起它的一瞬间，一辆车与我擦肩而过。爸爸慌慌张张地把我拽到了马路对面，狠狠地、又带着担忧训斥道："它有生命重要吗？你怎么这么不懂事……"我小小的心里单纯地认为它是我的朋友，我向来把朋友放在第一位，理所应当把自己的朋友从危险中抢救出来吧。但起码，我曾经这样认为过。

　　当我五六年级的时候，我仍然放不下这个小东西，尽管它已经被我"折磨"得惨不忍睹了——原本灰白相间的颜色变得没有什么区别，两只狭长的眼睛透出 502 胶粘合过的痕迹，小小的鼻子早不知道掉到哪里去了，充满活力的门牙也消失不见了；那顶格子帽子在一次游戏中也被我不小心揪下来了，只有那根胡萝卜还老老实实地待在它的手心里。爸爸常常对我说："放下它吧，它也老了，让它歇歇吧。"是呀，仔细看看它确实老了。但是我又何尝能忘记它呢？它是我忠实的伙伴，它曾经带给我幸福和安全的感觉——在喧嚣的早晨，它静静地独守在家门旁的凳子上，直到黄昏；在静寂的夜晚，它默默地陪伴我度过孤独的时光，直到天明。"可是我舍不得啊！"我不情愿地看着手里的东西，貌似是把所有情感都寄托在了它身上。

　　"它是不是真的年岁已高了？让它好好待在橱窗里去吧。"我

116

在心里这样想着，尽管没有真正这样去做。但起码，我这样考虑过。

昨天，我像往常一样，向门口的方向探去目光，心里奇怪着它怎么不在往常的地方？直到今天早上，在梦的一个角落里，我发现了脏兮兮的它……给老爸叙述完，"它可以进橱窗了！"我说。老爸故意拍拍我的脑袋，学着一副渊博的样子回答："这才是成长。"

写到这儿，我的另一个最爱便显而易见了。他是我的老爸，是他带给我欢乐，是他在不停地担心我，是他教给我成长，教给我放弃。

他们虽然平凡，却也应得到一定的尊重和理解。

保安

窗外的夕阳，一半是妖娆的血红，一半是绚烂的金黄。在它即将被云层吞噬前，还不忘渲染上一层柔和和安详。我伸出手，任指尖在彩霞间弹动——海蓝、天蓝、淡青、鹅黄、浅橙、水红、枣红，七种淡雅的颜色朦胧了远处墨色的山。秋天到了，夏天在逐渐蜕变，两个季节的交替，形成了一种热情中带点悲凉的美。秋风瑟瑟，却有人无暇欣赏——

在缓缓走出夜幕的皎洁月光下，一个身影伫立在小区的大门口：暗红色的帽子，洁白的衬衫，灰黑的长裤，夜幕让我看不清他的面容。"叔叔，能帮我打开门吗？"我边说边拍拍旁边的铁栅栏。他听到声音后径直向我走来，随手打开门让我进去。我道了声谢，他只是轻点了一下头作为回应，随即回到他原先站立的地方。他就像一尊雕塑，端正而庄严，挺直的背影好像雷击不倒似的。他就是保安，一个普普通通的保安。

人们时常戏言，保安是最有深度的人群。在他们的整个职业生涯中，经常都在锲而不舍地追问三个问题——你是谁？你从哪里来？你到哪里去？这三个问题常常会闹得人心烦意乱。

但换位思考一下，一次次的追问是否也代表着一种尽职尽责的态度？他们的工作以黎明为起始，又以黎明为终点，日复一日、年复一年地职守在人来人往的大门口。他们每时每刻都在接触人，并且是形形色色的人，穷人、富人、白领、混混……他们坚持询问重复了无数遍的问题，无论是遭到谩骂或是殴打，都始终有着"打破砂锅问到底"的精神。

保安这个职业在人们的生活中变得越来越重要，但保安这个群体却缺少人们的尊重和爱护。姐姐曾经对我讲过她亲身经历的一件事：一次临近期末，晚上七点才放学，当她拖着疲惫的身躯回到小区时，却发现小区的铁门紧闭着，仿佛连一丝风都不允许溜进去。晚秋也总是来得特别早，寒风凛冽得令人打战。这时一个身材矮瘦的、看着顶多20岁的小保安喘着粗气从一个路口跑来，他急冲冲地说："抱歉抱歉来晚了，等久了吧？"话虽是疑问句，但语气是温和和肯定的，丝毫不像一个陌生人。他用冻僵的手快速打开铁门，姐姐边咧嘴笑着不停声地道谢，边朝家门口跑去，中途回眸，突然发现那个小保安还站在那里，脸却变得通红。听完这个故事，我不顾形象地仰天大笑，但事后仔细思量，一个保安由于一个微笑和一声道谢害羞地脸红，站在原地不知所措，是不是意味着我们对保安、那些平凡岗位上的人们关心得太少。早晨，我再次重复与昨晚相同的动作，那个保安依然点点头，只是嘴角多了一丝若有若无的微笑，那个微笑应和着清晨灿烂的阳光，周围的空气似乎也变得暖和起来。

我们都是普通人，保安也是普通人中的一个小群体。每个普通人都应该一丝不苟地对待工作和生活，并获得相互之间的尊敬和爱护。

先读了小说，后看了电影，它们为了生存，团结、拼搏、自我牺牲，其精神令人咂舌。

狼的"集体主义精神"

——读《狼图腾》一书有感

刚刚读完《狼图腾》，抬头已经到该睡觉的时间。钻到被窝里，回想着书中的情节，最令我记忆深刻的，还是狼的"集体主义精神"，我由衷敬佩它们，也由此对狼有了更加深刻的认识。

为了捕猎，为了群狼的生存，丧子的母狼用"自杀"的方式，悬挂在马的侧腹做最后的殊死拼杀。母狼们用自己"微薄"而伟大的力量，倾注到这场厮杀中，为的是种族的生存，也为了这场战争的胜利。它们用牺牲自己"微不足道"的生命的方法，拯救了整个狼群的生计，加固了狼群的意志，体现了狼这个"种族"的勇敢、强悍、智慧、雄心。

它们永远不向敌人低头，从来不向困难服输。"被踢烂下身，踢下马的狼，大多是母狼。它们比公狼体轻，完全靠自己体重的坠挂，难以撕开马的肚皮，只有冒死借马力。母狼们真是豁出命了，个个复仇心切、视死如归、肝胆相照、血乳交融。

它们冒着被马蹄豁开肚皮、胸腑、肝胆和乳腺的危险，宁肯与马群同归于尽。"复仇心切、视死如归、肝胆相照、血乳交融，这几个词仿佛让我看见了狼族英雄复仇心切，冒着熊熊熊烈火的墨绿眼睛，它们透着一种"霸气"，咄咄生威！

在读《狼图腾》前，我对狼充满了憎恶——在我从小听到的故事里，比如《小红帽》《三只小猪》等等，狼总是阴险狡诈、诡计多端、没有丝毫感情的动物，它们无恶不作、凶残、贪婪、狂妄自大，我一直坚定地认为它们之间只有憎恨，没有温暖没有爱。但在《狼图腾》中，我读到了狼与狼之间的友谊，读到了公狼的勇敢拼搏精神，体会到了母狼的善良慈祥，感受到了小狼的温顺可爱。它们的厮杀、搏斗，仅仅是生存之道，真正狼的内心是最丰富的。

感受狼的"集体主义精神"，我不禁想起了人也应该一样——生活在集体的大家庭中，要以集体利益为重，放弃自己的小利益，在困难面前无坚不破、勇往直前！

一个通向天际的地方，它的淳朴、宁静、圣洁令人久久难忘。

西藏，一个圣洁之地！

西藏，地大物博，山河壮丽，它乃世界之巅，地球之屋脊！我时常听到人们赞美西藏的人文与自然，而它究竟有多么神圣，一定要眼见为实。2011年的暑假，经过充分准备，我怀揣着无限热情奔向了西藏！

随着火车轰隆隆地向西越过甘肃，窗外的景色越来越干净、清澈——蓝天上挂着朵朵白云，浅蓝色澄清的流水像是一道闪电劈开了遍野的绿，羊群在水边悠闲地漫步，一切都显得安详、圣洁……

圣女池——羊卓雍措

我们在代表着羊卓雍措的石碑旁下车，周围的游客团团围绕着一个老藏，他正牵着一头装扮入时的牦牛，吆喝着人们与之合影。唯独我孤立在人群之外，欣赏这圣女一样的湖泊。

羊卓雍措在藏语里是"天鹅池"的意思，是传说中圣女们洗净浮尘的地方。她像是一条顺滑的绸带缠绕在崇山峻岭之间，又像是一个湛蓝的箭头指向茫茫云海中太阳的方向，更像是一块雕琢精致的琉璃佩件，宁静致远，似乎轻触水面便会掀起阵阵波澜！山峦之间，远远望去，点缀着几点金黄，与这以蓝色为主调的环境形成了鲜明对比。尽管仅仅只有那几点，但它的璀璨与明丽，却使沉静的羊卓雍措湖变得更加亮丽夺目。

那是远处的油菜花田，几个穿着五彩缤纷服饰的藏族女孩，正在那里追逐嬉戏。她们的小脸黝黑，脸蛋上染着淡淡的高原红。站在宁静圣洁的羊卓雍措湖边。我侧耳倾听，女孩们的笑声清脆、纯真、爽朗。

天地圣母——珠穆朗玛

站在珠峰脚下，天空迷蒙着细雨，藏语中的天地圣母——珠峰像蒙着一层面纱，躲在雾气之中。当地的藏民告诉我们，若是要看到完整的珠峰，定是要多驻留几天，没有赤诚之心很难一睹圣母的容颜。

这样辛苦地来到西藏，不去目睹圣母的风采又怎能甘心呢？临近傍晚，雨住了，山那边雾气朦胧的屏障缓缓拉开，珠峰圣母巍峨的身躯若隐若现。夜空中闪闪的繁星一颗颗连缀在一起，就像一串眩目的钻石项链映在仰望圣母的虔诚的人们的眸子里。热情的觉果师傅告诉我们晚上山上温度低，容易着凉，招呼我们赶紧进毡房，他说圣母已经表示明天召见我们了！这一夜，毡房里的炉子很暖和，我梦见了圣母！

早晨，阳光果真灿烂！钻出毡房，圣母已经端坐在我的眼前了！她高耸在蓝天之上，身着洁白的积雪，俯视着芸芸众生。她脸部棱角分明，好像刀削出的一般。圣母的净洁，让空气都好像浣过似的，清新极了。怀着激动的心情，我将写好的明信片递给负责邮递的藏民师傅，他和蔼地笑着，用生硬的汉语问我："西藏，漂亮吧！"我轻轻点点头，他又笑了，递给我一条圣洁的哈达……

天之圣水——纳木措

还记得那一片被蓝色渲染的湖泊，颜色由浅及深——浅蓝、灰蓝、宝蓝、深蓝以及深邃如墨的蓝黑，清澈、丰润而又迷人。泥沙和石子露出湖面，形成了一条曲折蜿蜒仿佛通向天际的小径。这就是世界海拔最高的淡水湖——纳木措湖，人称天之圣水。

纳木错的湖水不及羊卓雍措的沉静，相比之下却多了一份空灵；纳木措的湖水不及羊卓雍错的碧蓝，但更加清澈见底。我小心翼翼地沿着沙石小径走向天际，湖面上印着我的影子，影子在水底随着我缓缓地行走。蹲下身子，我的轮廓在水面中越发清晰，像是一幅描摹出的简笔画！掷下一枚石子，只见波光粼粼，影子倏地不见了……

湖边便是草原了，使劲嗅一嗅，便可以闻到草的清香。一个卖酥油茶的老婆婆抚摸着身边温顺的藏獒，招呼我喝上一碗热腾腾的酥油茶。抵不过再三的推让，我欣然接受了。酥油茶很香、很暖。

从纳木错返回的途中，我看到了一个喇嘛，与其他喇嘛不同的是，他没有双膝以下的部分，但他依旧嘴里念叨着经文，三步一叩，虔诚地朝大昭寺的方向走去……

西藏的景色是神秘和圣洁的，西藏的人民是热情而虔诚的。

滴水穿石！它的团结与博爱，给予我很多人生启迪。

水滴的力量

　　水滴，不及湖泊的清澈，不及海洋的宽广，但却拥有湖泊不及的团结的力量，拥有海洋不及的博爱的力量。上个暑假，我在四川的蜀南竹海找到了得以诠释水滴的力量的有力答案。

　　刚刚进入蜀南竹海，一片片翠绿的竹林便映入眼帘。竹叶修长的身躯在微风中舞弄着，流畅的轮廓在金色的阳光下愈加分明。继续往前走，"咻咻"的风声、"籁籁"的水的摩擦声，夹杂着水流涌动的"哗哗"声不绝于耳——路边不知何时多出了一条窄窄的溪流。

　　我好奇地想知道溪水的源头，便一路上东张西望着。不过几十分钟，我便来到了一个急驰而下的瀑布面前。泛白的水花四处迸溅着，杂乱地敲打在一快干燥的大岩石上，并在石头的凹陷处逐渐聚留形成一个小水潭。水潭中的水缓缓地四处蔓延，排着蜿蜒的队列一个一个从岩石间隙流下来，滴落在岩石正下方多年锤炼形成的小水渠里。水滴像顽皮的孩子一样，时而前簇后拥、你追我赶；时而并肩前行，汇成一个大水滴。水滴在无数次这样的嬉戏中，汇成一股细细的水流，一路上和许多这样的支流汇就在一起，最终成为了一条不会干涸的小溪。我想，那岩石上的小水滴便是溪水的源头了，"不积小流，无以成江海"，水滴彰显了自己团结的力量。

沿着瀑布往上走，沿途只有砖路、水流、竹林和岩壁。我抚摸着潮湿的岩壁，不时有支流飞速地经过指隙。我无趣地望着或黑或褐的岩石，在偌大的竹林里反而觉得沉闷不已。除了不息的流水，深色的岩石显得呆滞而毫无生机。忽然，一抹绿色恍惚地出现在我的视线内。那是一棵普普通通的小芽儿，两片稚嫩的叶子托着水滴在阳光的映射下闪闪发亮。它的颜色不同于石砖上苔藓的墨绿，不同于竹子的翠绿，而是代表着生命和希望的鲜绿色。它生长在一个天然的石洞下，洞口不断有水滴落，是它们浇灌了小芽儿，使它成长，为沉闷的石壁增加了生机。芽儿小小的影子投射在水面上，用娇嫩的肢体展示着水滴的博爱。

水滴的身躯十分渺小，与湖泊的深沉、海洋的澎湃无法相比，甚至没有任何人去关注它的流动与停息。水滴注定要与它的兄弟姐妹汇入江河湖海，用团结的品质竭尽力量向东方奔腾；水滴注定要用它的瘦小身躯辅助生灵成长，用博爱的本能竭尽力量去浇灌新生命。

这便是水滴的力量，从本质迸发出的力量！

花、草、叶、树，别人眼中的寻常事物，在我看来他们都是生命的使者，或激情澎湃，或深沉执着。

细节的魅力

细节，小而融大智！细节，精而富有魅力！

在大自然的怀抱中，春花、夏草、秋叶、冬树均为自然中的细枝末节，正是它们的魅力，使自然染上了绚丽缤纷的色彩、融入了深沉而丰富的内涵。

俏丽的春花

我家楼下有几棵花木，其中最先绽放的不是迎春，却是一枝深粉色的桃花，这枝花生长在墙角的一棵桃树下。

当雪尚未化净时，这枝桃花便探出了骨朵儿。而后，花瓣一个赶着一个绽开，深粉色在斑斑白雪的印衬下显得越发热情，颜色更深处，便像一团炽烈的火焰，红得骄傲而不妖艳。它的花朵一串串连缀起来，就真的成了一把烈火，像是要劈开灰蒙蒙的天空，融化沉寂寂的白雪。

顽强的夏草

夏天，雷雨闪电自然是家常便饭了，而对土丘上的那丛小草而言却是一次次意志的磨炼，这丛小草生长在凉亭柱子的脚下。

我曾在一场暴雨中举着伞向它致敬。雨珠噼里啪啦地打在草叶上，小草们像是举行了一场狂舞的盛会，随着雨的节律，时而扭动腰肢，时而摇头晃脑，仿佛是在舞着一曲华尔兹；时而又肆意地舞动着手臂，随着雨的节奏踮着脚步，又好像是在跳着踢踏舞，激烈、疯狂之后是齐齐鞠躬和落幕……

雨中的小草彰显着坚毅的魅力。

深沉的秋叶

"自古逢秋悲寂寥"，无论古今，在文人骚客笔下的秋天一直是凄凉之美的代表。而在我眼中，秋天是一个金色的、辉煌的季节。尤其是秋叶，执着而又深沉。

又是一场秋雨！路边的银杏树叶又在枝头摇曳，像是一位深沉的老者，时而用幽邃的目光望着天空，时而垂首向匆匆路过的人们低吟。我一直固执地认为，秋叶骨感的叶脉定是一卷难诵又难懂的经书，若不是静静地站在树下，与它的目光交汇，接受和煦的风的洗礼，一定是不能明白那经书、那叶脉的哲理的！我愿意这样去聆听秋叶的一生。

雨过了，阳光像蜂蜜一般金黄而透明。叶子散落的满地，它们时而休憩，时而旋舞，舞姿华丽，读懂的只有枯枝、我与静谧。

执着的冬树

冬树远不如夏日生得繁茂，没有了叶子的辅佐，它便用那枯瘦的手指托住天空。即便是花园里的老槐树，鸟儿在它的上空盘旋了两圈飞走了，它却像个战士似的守卫着鸟巢，散发着执着的魅力。

我从树下向上望，天空被树枝分割的支离破碎，湛蓝中的洁白早已被凛冽的寒风吹散了。冬树枯瘦的手指仿佛只剩下骨节，仍苍劲有力地支在那里，是不是在召唤鸟儿归巢呢？我最喜欢雪搭在冬树枯枝上的样子，那时树冠就像一张大网，网住了天地，网住了鸟禽，却唯独网不住时间的流逝。

冬树昂着它沧桑的面庞，毅然矗立！

按课业要求，阅读了《长征》一书，没有想象的那么枯燥，相反，我被一种精神触动了。

不朽的足迹
——读《长征》后感

我用手指一寸寸摸索着《长征》封面上红军战士走过的足迹，地图上的每一颗五角星都代表着一次战役，五角星在阳光下熠熠生辉。

我仿佛看见一群战士，穿着被鲜血染红的军服，迈着坚定的步伐向我走来。他们中的一位是我最敬佩的，他是中国共产党中央领导人之一，更是一位不畏伤痛，为党、人民、国家拼死战斗的英雄。在一次战役中，他的胯骨被子弹打碎，刚刚走下手术台便听说红军要转移作战的消息，他立即向上级请示，要求与红军队伍同行。当得知申请被拒绝后，他说"心中的痛比身体上的剧痛来得更猛烈些"。读到这里，我打心眼里敬佩这位领导人的爱党之情，对伤残的身体无所顾忌，组织才是他最大的精神支柱。

之后，他被安排领导地方作战。很多次，在敌多我少的情况下，他毫无畏惧，依然镇定地宣布作战计划。"经历了多少磨难，这点困难还有什么可怕的呢？"字里行间，我仿佛看见了他拄着棍子、一瘸一拐的倔强身影。在胜利的那一刻，他扬起手中的棍子，再大力地杵到地上，又让我感受到了他为党做了滴水之贡献得来的喜愉之情。

　　战争结束了，战地上留下了红军战士的鲜血与足迹。那一深一浅的足迹是在历史的丰碑上刻下的重重一笔，它提醒我谨记：中国长征的历史上有许多这样不畏牺牲并一心向党的共产党人，他们的英勇顽强永远值得我们铭记！

　　不朽的足迹，不落的光辉，永远镌刻在我心里！

一副巨大的化石骨架震撼了我，恐龙时代究竟是怎样的呢？

恐龙时代：强与弱，胜与负
——四川自贡恐龙博物馆观感

伴着长时间蜷缩在旅行车上的困倦，踏着绚烂的阳光，我们走向自贡恐龙博物馆的大门。"恐龙群窟，世界奇观"八个金灿灿的大字，刺痛了我惺忪的睡眼，引领我走进恐龙时代。

茂密的原始森林遮天蔽日，仿佛要把浓郁的墨绿色渗透到世界的每一个角落。金黄色的夕阳透过树冠的缝隙和纤长的蒿草，一块块斑斑驳驳地跌落在草丛轻掩的身影上。

我看到了，那是一只正在江边享受美食的成年食植性恐龙，它体型较小，四肢短粗，尾巴和身体等长，圆鼓鼓的肚子快要垂到地上，似乎刚刚饱餐了一顿；它长长的脖颈挑着硕大的脑袋，微闭着眼睛，牙齿轻轻地咀嚼着，像是正在回味口中美食的余味。

在一簇折断的灌木丛后，一束犀利而又阴险的目光不怀好意地上下打量着小恐龙，随之，阵阵雷鸣般的脚步声传来，一头体格比小恐龙大数倍的食肉性恐龙向它跑来。小恐龙来不及躲闪，大恐龙尖刀般的利齿已经瞬间咬住它的脖子，鲜血顿时四处迸溅。而大恐龙好像还不满意似的，在半空中挥舞着长脖子，嘴里叼着可怜的小恐龙！小恐龙无力地挣扎着，像一片凋零的红叶，随风飘荡着。

正当大恐龙为自己的强大感到扬扬得意时，却浑然不知一场洪水正席卷而来，狂风掀起巨大的浪花，又把它狠狠地摔在地上或打落在江里。大恐龙听到声响，傲慢地转过身来，当看到一堵高大的水墙正向自己倾倒时，眼中强者的骄傲转瞬变成了慌乱。下一秒，大恐龙与口中的小恐龙一同被卷入一片汪洋，只剩下夕阳的余晖，懒散地映照着滚滚江水。

时光流逝，斗转星移，当年的江水已经干涸，大恐龙与小恐龙的身躯已经深深埋入了这片土地。又不知道过了多少亿年的岁月，随着地壳不断运动，大恐龙与小恐龙的尸骨变成了化石，展现在 20 世纪 80 年代中国人的眼里。

……

梦醒，矗立在我面前的是一具巨大的恐龙化石，以及它嘴里的小恐龙化石。大恐龙化石的两条腿支撑着庞大的身躯，经历了历史的洗礼，依旧是那副傲骨，只是少了原本凌厉而骄傲的眼神。

我忘记了我在那场白日梦中，是以谁的身份、用什么方式记录了那段久远的历史——两头恐龙变为两具化石，曾经的江水成为了盆地，曾经的一分一秒换来了博物馆的陈列品。我仅仅知道，在梦境中，大恐龙是森林中的佼佼者，它利用自己的强大征服了小恐龙，但终究敌不过大自然的侵袭。

弱肉强食的生存体系几亿年前适用，如今依然沿用。人类也在互相之间不断竞争,但决定我们生存和挑战胜负的是能力,而绝非蛮力。强大者生存，弱小者灭亡，这便是世界的生存法则。

　　走出博物馆，正好踏上刻着"！""，""？"的几块地砖，它们似乎在昭示着：恐龙时代令我们惊叹，但我们的探寻工作远远没有结束，还有很多疑问有待去研究探索。

虽然只是一件文物，却透露出一种风骨。

傲 世
——记四川三星堆博物馆"青铜人面像"和"摇钱树"

"傲"，是我挤在黑压压的人群中游览了一圈后，对那堆尘封在三星堆博物馆展柜中的历史的唯一评价。说是评价，更不如说是赞叹，一件件展品的神秘与傲气，深深吸引着我与他人摩肩接踵地一步步向前挪动。

青铜人面像

"同学们要遵守秩序，跟着领队走！"我睁大了眼睛，目光没有顺序地扫描着四周，着实想把所有奇妙的事物收入眼中。一个有着突兀五官的"家伙"，一下子吸引了我的眼球。

它的两条眉毛宽而俊，衬托着圆柱体的眼珠，眉宇间透露些许英气，令人感到无比威严；竖直而立体的三角形鹰钩鼻，挺立在脸的中央；更为独特的是那一对招风耳，好像两个回形镖似的紧贴在面颊的两侧；嘴大笑着，嘴角咧到了耳根。它就是青铜人面像。第一次见到这尊青铜像还是在历史课本上，当时就觉得那个青灰色的面孔咄咄逼人，令人望而生畏。我不知道他究竟在刻画哪个伟大历史人物，只知道他的神秘气息牵引着我。

摇钱树

一转身，便看到一棵铜树，足有两个我高呢！

细细的树干上，一根根枝条好似在风中摇摆，又好像千手观音摇动着修长的手臂。每根枝条上都挂着六个精致的叶形"耳坠"。"耳坠"的上半部分是树叶的茎，茎的一端坠着一个铜币，天圆地方的设计令整片树叶呈现水滴状。在摇钱树的顶端傲立着一只凤凰，它的两翅在空中舒展开来，仿佛正驰骋在蓝天下，俯望着世间的形形色色；凤凰的尾巴凌空飞舞，那股傲气定格在触碰树顶的一瞬间；凤凰凌厉的眼神透出坚定和骄傲，似乎冲我"咿呀咿呀"地宣布："强者才能独霸天空！"

无论是青铜人面像，还是摇钱树上的凤凰，它们都彰显了傲然气势，它似乎告诉我——"傲"非自大，它能教你如何变得强盛！

老师要求编写一个富有哲理的寓言故事。维尼熊的形象一下跳跃眼前，于是有了下面一段。

苦、咸、甜的味道

夜晚，母亲坐在床边，讲故事给孩子听。

从前，在森林里有只小兽叫熊，一只分不清苦、咸、甜的熊；熊有个朋友叫人，一个学识渊博、无所不知的人。

熊常常问人："人，'苦'是什么味道？"人推推眼镜，说："熊，像黄连一样的味道就是苦。"

熊第一次走近那棵大树是初春，新叶嫩绿，树上有个蜂窝。熊向它伸出手，踮起脚，却够不到。熊沿着树根、树干慢慢向上爬，不一会儿便摇摇欲坠。熊伸了伸肉肉的手，扭了扭胖胖的腰，用手直往那树干上爬。春雨过后的树杆异常湿滑，还泛着雨水的腥潮味。熊一不留神，脚底一滑，"哧溜"地从树干上掉下来，摔了个屁股朝天脸朝地，啃了一嘴泥。熊咽咽唾沫："泥土进到嘴里是苦的，苦应该是泥土的味道。"人倚在树后皱着眉头偷看着。

"人，'咸'是什么味道？"人摸摸鼻子，说："熊，像食盐一样的味道就是咸。"

熊第二次走近那棵大树是盛夏，枝繁叶茂，树上还是那个蜂窝。熊搓搓手掌，好像想起了泥土苦苦的味道。熊比起上次要小心翼翼得多，挠挠这边的树干、掏掏那边的树洞，试图确定稍后在哪里落脚最安全。熊舒了舒筋骨，深一脚浅一脚、稳稳地踏在树干上。熊顺利地爬上了树，瞧见了从未体察过的蜂窝，丝丝浓郁的味道弥漫在空气中，让熊情不自禁地拍了拍手。蜜蜂"嗡嗡"叫着，排着队伍轰轰烈烈地飞到熊跟前，熊瞬间蒙了，一眨眼蜜蜂蜇了它满脑袋的包。熊抱头逃窜，急得满头大汗，慌忙间汗水淌到了嘴角。"汗水进到嘴里是咸的，咸应该是汗水的味道。"人靠在树后舒展了皱纹继续偷看着。

"人，'甜'是什么味道？"人搔搔头皮，说："熊，像蜜糖一样的味道就是甜。"

熊第三次走近那棵大树是暮秋，残叶凋零，树上依然是那个蜂窝。熊揉揉脑袋，似乎又想起了汗水的味道。熊有了前两次的经验，动作敏捷又自然。熊坐在树冠下，轻手轻脚没有惊动任何一只蜜蜂。熊有条不紊地把蜜蜂引开，开开心心地把蜂窝抱回家，树洞里充盈着蜂蜜的味道，熊用手蘸了点放在嘴里，腻得想流泪。熊用蘸了蜂蜜的手抚了抚脸上的伤疤，又摸了摸头顶遗留的红疖，熊笑了，蜂蜜流溢在唇齿间。熊咂咂嘴："蜜糖进到嘴里是甜的，甜一定是蜜糖的味道！"人站在树后会心地笑了。

熊把辛苦得来的蜂蜜只尝了几口便贮藏起来。熊再次走近那棵大树已是隆冬，白雪皑皑，树上再也没有蜂窝，也再也看不到躲在树后的人。熊有点失望，它多么希望与人分享自己的体会和快乐。熊望着那棵大树喃喃自语："人，我找到了苦、咸、甜的味道！”

　　窗外夜色朦胧，床上是睡着了的孩子恬静的脸。母亲继续唠叨着：“熊终于明白了——失败是苦，付出是咸，赢得是甜。”

相比女主人公的身残志坚，我更感叹母亲的"爱"。这篇习作获得学校年级作文竞赛一等奖。

载着爱飞翔
——电影《隐形的翅膀》观后感

她，一个在电影中被评论为"最承受不起压力"的角色；她，没能与女儿志华一道闯过风风雨雨、最终看到成功的母亲。

她的爱是骄傲的。"快去放风筝吧！"她扬起花一般的笑容，把手中一个绿色的蜻蜓风筝递给志华。在她眼中，志华永远是个充满欢笑的孩子，那是她的自豪。志华考上了高中，立志以后要考上大学。她就像那风筝的线，牵着志华飞向正确的方向。她寄予志华爱与期望，把线放长；她要为志华摸清前方的道路，代替志华把一切困苦征服。

她的爱是坚强的。"志华——志华——"她撕心裂肺地呼唤着，仿佛要用她的灵魂唤回志华的肉体。在她心里，志华永远是她翅翼下呵护的稚鸟，绝不允许她受到半点儿伤害。她就像那生命的翅膀，引领志华闯过死神的魔爪。她寄予志华爱与呼喊，把翅膀挥舞起来。她要把志华带回生的道路，要她感到生的幸福。

她的爱是深沉的。她心疼地抱着志华的脚，紧紧贴在脸上。在她脑海中，志华就像是和风中的幼苗，不让志华经历狂风暴雨的席卷。她就像那执着的守林人，守护着志华躲过砍伐希望的电闪雷鸣。她寄予志华爱与温柔，把志华的脚抱紧。她要把志华受伤的身体、冰凉的心温暖。

　　她的爱是执着的。她是志华的母亲，一个急于唤回女儿的母亲。她痴痴地做着纸小手，插在大龙风筝上。在她印象里，志华就是个断臂的姑娘、折翼的天使。她甘愿做那天使身旁薄薄的清雾，化作一双翅膀将她心中天使的不完美弥补。她寄予她爱与企盼，把纸小手插满大龙。她要志华乘着她的纸小手、驾着大龙，朝自己梦想高飞！

　　在电影播放的过程中，我听见周围同学的窃窃私语："这妈当得'真有水平'，怎么这点东西都承受不了？"她并不脆弱，只是她的爱比起生活显得太奢华，只是她的爱比起现实显得太遥远。

　　这只风筝曾为自己的孩子把头昂起，这对翅膀曾经给予天使生的力量，这位守林人曾对自己希望的寄托倍加呵护；这位母亲的爱曾化成一抹薄雾默默关注她的孩子。

　　她是母亲，她的爱全部给予她的天使。

我们排成一列，后面的人扶着前一个人的两肩，像一列歪歪扭扭的前进的火车似的，一步步蹚着泥泞……

　　我们边走边肆意地、爽朗地大笑着，笑出了眼泪，像是在笑花儿的天真浪漫，又像是在笑逐步走向懵懂的成熟的我们……

——林子

青涩童言

面临小升初，一切都变了。小小的我心生无限烦恼

烦恼

唉，实在受不了，姥姥、姥爷在家就是唠叨，一天到晚、时时刻刻都不停！

姥爷说："你呀，要好好学钢琴，钢琴是你的才华，上了中学还能考个什么钢琴专业，别人有特长，你就不能没有！要不你有了缺陷，别人就会抓住你的弱点，轻轻松松地超过你！钢琴，不能没有啊！以后呀，它还是有很大用处的，你想象一下，以后工作……以后，再有什么烦恼，一弹钢琴，就全放松了！听姥爷的，学钢琴，反正你现在学舞蹈没什么用！"

姥姥说："才不听你姥爷的呢，好好学英语，你看看现在的社会，没有英语能干个啥？好好学英语，你一定能有成就的！上中学，甭管考什么专业，都别听你姥爷的，听姥姥的，考英语专业，干个什么不行？记住，英语是必须学好的，学好了，门门课，就都好了！一次一大张卷子没什么，学得再累，都要学有用的，别竟为没什么用的浪费时间！"

姥姥、姥爷说的我都明白，没有必要再反复重复了。可是，我要做选择是不是也太难了？钢琴，我是现在半点兴趣没有了，

没什么可说的，脑子里充满了老师、妈妈的不满意，就是悲惨地去上课，更悲惨十万倍地回到家。英语我学，没问题的事情，但是这种教学方式实在太让人自卑了——每堂课一张超大的考试卷，题也不讲，就把我们往上逼着做，45分钟，20道单选，两篇完形填空，两篇阅读，改写句子，运用时态，作文……还全部都是重点中学英语实验班的真题精选，它们几乎、甚至还高于初二的难度。能顺顺利利地完成的六年级学生，可以说是"神童神通"了。每次只是郁闷的，满怀"一定考砸了、老师一定又是大骂一通"的心情回到家。

反而，让我下了课能够高高兴兴地回到家的是舞蹈，虽然两个小时的练功经过会让我有肩酸、胳膊酸、背酸、肚子疼、腿疼等一系列的症状，但我喜欢，它是我的爱好，不是我的痛苦！但它偏偏被列入了"没用"的名单，让我很沮丧——我就是一个没有好的兴趣爱好的人，是一个"非正常"人！

我迫切地期待着朋友、家人（尤其是妈妈）的答复，我现在很痛苦！

喜欢浮想联翩，小时候确实搞不懂两个"观"。

衣服鞋子的悲观与乐观

你听说过吗，衣服和鞋子有乐观和悲观之分？答对了，本来就没有。乐观和悲观，仅仅是人、动物对某个事物的思想感情和看法，仅仅如此。不过，昨天上完英语课，还就有这么个让我不明白悲观与乐观的"衣服鞋子"。

事情是这样的，在一个寂静的傍晚（仅仅为了引起读者的兴趣），在漆黑漆黑的马路车行拐弯处，我看到了一件军大衣、和一只棉靴横卧在那里。我顿时吓了一大跳，于是在心中默默地"喊"："淡定、淡定……"我带着一丝恐怖问妈妈："妈咪！请您大人推断一下，这是怎么一回事？"妈妈平静地回答"你先说！""好吧"。

画面1：在10米开外的地方，一辆快车飞驶而来，"嗖……"一个贫苦的乞讨者静静地躺在地上呻吟着，而衣服鞋子"蹦"到了20米开外……

画面2：和我一班的英语班同学，考了不足总分1/6的分数，看到一"头"名叫"老妈"的猛兽，便连蹦带跳地落荒而逃，跑掉了衣服和鞋子？

画面3：某人追星追错了，追了个"灰姑娘"，她在8点45分出现，熬不到半夜12点，便因模仿太投入，而不仅仅像灰姑娘一样掉了鞋子，还跑掉了衣服？

妈妈听后，说道："你也太悲观了，要我想，就是一个穷苦的乞讨者，得到了一身更好的衣服，便把原先那身破旧不堪的衣服挂在了原本与他朝夕相处的老树枝上，但最后却被风刮跑了……"

经妈妈这么一说，我实在有点糊涂了——我在生活中真的是一个性情悲观的人吗？

这是一篇五年级的记事。那时候的我们太幼小，不能完全领会老师的意思。

老师的专利是罚抄？

唉，今天本是蛮快乐的，不过在下午的第二节课上，还是发生了一点点小说法。

今天数学课前，一班有两个同学打架，直到上课，作为班主任的 Z 老师还在教训那两个学生，心情十分糟糕。上了数学课，Z 老师声音低沉，用略微带有一丝怒意的声音说："今天上课给大家布置一篇作业，就没有家庭作业了。但是如果谁说话了，哪怕一个字，我就给他加作业！"班里一片寂静……

很快，下课了，Z 老师过来问我们，刚才上课谁说话了，说话的要罚抄作业。我们都十分害怕，几乎没有一个人敢站起来承认。老师大声训斥着我们，向我们进行"威胁"，这时才逐渐的，慢吞吞地站起几个同学来。Z 老师用严厉的目光扫视着班里的同学，审问着我们："真的没有其他人了吗，别怪我手下不留情了！"逐渐地，又站起来几个同学，却一直面面相觑。又过了一会儿，几乎全班同学都站了起来。

老师很严厉地批评了我们，并且罚我们抄写那一页字三

148

遍。接受到这个"光荣"任务后，我实在不知道该怎么形容我对这件事的看法——自觉站起来吧，太冤了吧？那就不站起来，保持沉默？那是不是太不自觉了呢？或者站起来，再跟老师喊冤？那样别人一定会认为我是个爱狡辩的人……到底怎么办呢？心思在心中打起了架。我最终选择了站起来，默默忍受委屈。

仔细想想，是啊，我毕竟在课上没有扰乱纪律，只是说了三句，总共20个字的话，贺同学要借《全解》，我问："要吗？给你！"；巩同学要向我借书，我回答他："好吧，给你——"；不一会儿，巩同学看到了笑话想笑，可是又不敢，于是钻到桌子底下去了，我不想扰乱纪律，于是提醒他："嗨，你怎么跑到桌子底下去了？！"你说我是不是冤大头！

下课了，许多同学都在讨论这件事情，对老师说三道四。在此我请教一下，再遇到这种事情该怎么办好呢？难道老师的专利是罚抄？

没有告别，她就匆匆走了，小小的我们充满不舍，那种难过至今记忆深刻。

离别的滋味

今天晚上看了数学张老师微信空间里12月19日发表的"明天？明天！"后，我深深感受到了张老师对我们的细心和深深的关爱。

陈老师走后，我们班的同学也非常惋惜与留恋。在新语文老师讲的课上，我们无心听讲，脑子里空空如也。同学们上课状态很不好，玩手机的玩手机，聊天的聊天，诉苦的诉苦，老师讲课时同学们都不约而同地低着头，沉默着，没有一个人回答问题。

那是一个星期四，最后一节课是品德课。品德课是同学们公认的一节最精彩的课，但那天我们无心听课，等待对一班同学做思想工作的陈老师到我们班里来。品德老师看透了我们的心思，了解了我们班的情况后，告诉我们，陈老师只是去新加坡留学，同学们要理性……听说这样，我们的内心才得到一点点安慰。可是仍然有同学的泪珠在眼眶里打转，我也是，喉咙梗着，鼻子酸酸的，泪水再也经受不住离别的考验了，慢慢地从眼角落下。这时，已经有几个女同学也已经趴在课桌上泣不成声了。

"老师为什么要这么早走？为什么？为什么不多教我们一个学期？"

"为什么？为什么，老……老师不要走！"

顿时抽抽泣泣的氛围立即变成了号啕大哭……品德李老师告诉我们，人总是要离别的，这仅仅是离别中一个小小的点，离别还有很多很多。我们毫不甘心，哭声不亚于林黛玉。我们问老师为什么不伤感？我们默默地等待着老师的回答。"你们的心情我明白，其实老师在遇到这种离别时，也不免会落下伤心的眼泪，但是真正对陈老师的感激不仅仅是应该表达在哭上，你们认认真真地对待新语文老师上课，争取一个好成绩才是对陈老师最真诚的感激……"

难免悲伤，在对待这件事上，我仍然难免伤心，我相信很多同学和我的感受相似，都怀念着陈老师。

一次，在等待数学张老师拿卷子之前，我们班的四个同学就和一班同学互相抱怨着。"现在这个语文老师讲课水平太差，恨不得一句话说五遍，烦得要死！"我也插嘴道："嗯，陈老师都走了一个月了，这个新语文老师才刚刚上了三首古诗外加一篇课文，效率太低，而且没人想听！"

对于这些抱怨，新语文老师也是知道的，也明白她在我们心中无法代替陈老师的地位，在课堂中她也尽量包容我们；在课下，我们还会讨论，会抱怨，但还是尽量配合新老师做好教学工作。

但无论环境如何，心情总是自己掌握的，行动总是自己掌控的。希望同学们可以配合新老师的工作，懂得陈老师的用心良苦，加倍努力学习，以优异的期末成绩回报我们敬爱的陈老师！

晚安，祝大家取得一个好成绩！

姥姥一直让我感动。现在她老人家已经 75 岁了，仍旧乐观向上。

乐观向上的姥姥

我的姥姥今年 60 岁，是一名退休教师。姥姥身体不太好，但在生活上却乐观向上。

姥姥患有类风湿关节炎已经 18 年了，做事、走路都不太方便。她的手已经变形，成了类风湿病常见的"鸡爪子"——十指关节肿大，指头干枯消瘦，关节很僵硬，收展不了。姥姥的脚趾关节也严重变形，下楼梯只能扶着栏杆，一步一步横着往下挪，好像"螃蟹"走路一样。

虽然这样，姥姥总是乐呵呵的，我从未听到姥姥因病痛难忍而悲伤地倾诉。每周六下午，我和妈妈都去看望姥姥，询问她身体有什么不适之类的问题，姥姥从来都是笑着回答我们，告诉我们感觉不错，从没有对我和妈妈长吁短叹、大谈自己"悲惨的命运"。而我们都知道，姥姥的痛苦远远大于谈话时的轻松愉快。

姥姥总想再发挥一点儿"余热"。所以，在去年，姥姥要求承担迎接姐姐放学的任务，她说这样也是为了走走路，锻炼锻炼身体。此后，不论是严寒酷暑、刮风下雨，姥姥都一丝不苟地、慢慢地挪到车站旁边的公园里等姐姐，和姐姐一起回家。我问姥姥这样是不是很累？姥姥回答我："有什么可累的呢，既可以打败病魔，又可以迎接孙女，何乐而不为呢？"边说边用那僵硬的手比画了一个"大魔爪"，然后把它击败。

姥姥不怕疾病困扰、不向困难求饶的乐观向上的精神深深感染了我。我想，我也应该像姥姥那样，在人生的道路上不向困难和挫折低头，永远保持乐观向上的精神！

"我在小小的船里坐，只看见闪闪的星星蓝蓝的天！"蒋老师就是我童年世界里的一片蓝天。

你是露水，我是小草！

都说老师是黑暗中的蜡烛，是花园中的园丁，是明媚的阳光……我说老师是滋润小草的露水，他们总是一点一滴地释放，在别人不经意的时候，就让小草长大了！在我记忆中最难以忘怀的"露水"是蒋老师，她是我刚刚步入小学一年级时的语文老师，她给了我学生时代第一滴肯定和鼓励的"露水"，这滴"露水"伴我成长，并让我逐渐学会了自信与开朗。

从小我就是一个和我的属相"兔子"很像的一个小女孩，性格有一点点内向，胆子有一点点小。记得一年级第一次家长观摩课，蒋老师选了《小小的船》这篇梦幻般的小诗，作为家长观摩课的教学内容。观摩课上，四周都是家长，我很害羞、很胆怯，好像被"十面埋伏"了一样。轮到朗读课文了，蒋老师请同学们举手朗读。我环顾四周，大家争先恐后地举手，我也踌躇地举起了手。蒋老师一眼看到了我，点名请我朗读课文。我从座位上站起来，平静了一下自己紧张的心情，然后抑扬顿挫地念起来："……我在小小的船里坐，只看见闪闪的星星蓝蓝的天"！读完了，我怯生生地坐下，教室里鸦雀无声，我只听到自己的心跳声。片刻工夫，蒋老师突然大声说："同学们，林子读得好不好？让我们一起来为她鼓掌！"教室里立即响起了有节奏的击掌声——啪啪，啪啪啪……击掌声就像美妙的音乐在我耳畔流淌，我轻松快乐极了！

观摩课后，妈妈感觉我课堂发言不如其他同学大胆，便牵着我的手来到蒋老师跟前，咨询我平时在课堂上的表现。蒋老师认真想了想，出乎我预料地回答，"林子不是发言不积极，她只是有十足的把握才肯举手。"蒋老师然后转向我说，"林子，你课文朗读得真棒！以后要更大胆些，不要怕出错，每个人都是在不断犯错误的过程中成长起来的。"听了蒋老师的话，我不好意思地笑了，但是自信变得满满的。

从那以后，我有意改变自己不爱表达的习惯，在课堂上努力积极发言，并对自己每天的发言做记录，还用贴小红花的办法对自己的发言表现做奖励。不仅如此，我的性格也逐渐开朗起来，敢于尝试、积极尝试逐渐成了我的一个思维习惯，并帮助我形成了很好的自学能力……我想这些都和蒋老师的那个提醒和鼓励有着直接的关系。真的感谢你，蒋老师！

你是露水，默默地滋润着我；我是小草，在别人不经意的时候逐渐长大了……

10 岁的笔尖似乎犀利了些、深刻了些。

美丽瞬间

那是一个炎热的夏天，妈妈开车送我上舞蹈课。透过车窗望出去，马路上的人行色匆匆，大家似乎因为天气的原因都烦躁极了，谁都没有注意到瞬间发生的事。

人行道上，稀稀疏疏地，仅有几个人顶着烈日行走，一位年轻的妈妈走进我的视野。她紧紧地拉着女儿胖乎乎的小手，小女孩正用稚嫩的目光仰头望着她。这时，一个烂乎乎的苹果核从前面的车窗里扔了出来，妈妈立即牵着女儿躲闪开来，并且不屑一顾地说："谁这么缺德？"说着，她轻蔑地瞪了一眼那个烂果核蹦出的窗口，便拽着女儿的手走了。可是没走几步，小女孩突然停住脚步，挣脱妈妈的手，飞快地跑向苹果核。她蹲到地上，用胖乎乎的小手小心翼翼地拾起那个又脏又烂的苹果核，然后蹦蹦跳跳地把这个"没有道德"的东西扔进不远的垃圾桶里。

我的目光久久停留在那个小女孩身上。我联想到那个乱扔苹果核的司机，他不仅仅破坏了环境的整洁，还毁坏了一个国家首都人的风貌。我又想到了那位年轻的妈妈，她似乎没有一个良好的保护环境的意识，对那些"垃圾"若无其事，我想，在她身上也堆积了许许多多无形的"垃圾"。

当然，我最念念不忘的是那个美丽的小女孩，以及她带给我的那个最美丽的瞬间。

9岁看6岁，已经感怀时光无情了！

一张照片

看着眼前的这张照片，我不由得笑了！

照片中的我穿着红色的棉衣、戴着红色的帽子，如果再挂上白胡子，活像一个圣诞老人！我正举着双手，脸上既严肃又带着幼儿园的稚气，这让我想起了刚入小学的第一个元旦。

那是2006年元旦，我们全班聚在教室里，一起等待联欢会开始的那一刻。

我静静地坐在椅子上，默念黑板上用蓝色粉笔写的一行文字——"一年级二班的小同学们，Happy New Year！"新年到了，这将是一个怎样的新年呢？正想着，老师突然让我表演一个节目，我有几分高兴，又有几分羞涩。我穿上红色的棉衣、戴上红色的圣诞帽就上场了。我跳起了优雅、灵巧又欢快的手绢舞。因为班长在给我拍照，我感到有些紧张，一不小心在第二段时跳错了，但我勇敢地接着跳了下去，直到结束，大家发出了一声声赞叹。回到座位上，我感到心情放松了许多，为自己的勇气和胆量感到骄傲。

现在我已经三年级了，再不是一年级的小学生了。时间不会倒流，每当我看到这张美丽的照片，回忆过去快乐日子的时候，也暗下决心，要珍惜童年的每一寸光阴！

它是我童年的第一个"好朋友"，也是我永远的伙伴。

小兔子

也许是因为我属兔的原因，我十分喜爱小兔子。

我曾经养过一只可爱的小兔子，那时我还不到两岁。当时我和爸爸住在济南，因为妈妈不在身边，爸爸就买了一只小狗和一只小兔子为我做伴。

小兔子只有小苹果那么大，因为它刚刚出生一周。小兔子长得非常漂亮，眼睛亮晶晶的，像红红的玻璃球。兔子的耳朵又长又大，中间的小肉粉嘟嘟的。兔子的嘴巴小小的，总是一张一合，不时露出点儿小舌头。我最喜欢用脸贴着小兔子的绒毛，就像贴着一个雪白的毛线球。

那时，小狗经常用嘴叼着小兔子的耳朵在屋子里散步，而小兔总是闭着眼睛，显得特别害怕。每当这时，我就会抱起小狗，把它重重地扔在地上……可有意思的是，小兔每次都不会受伤，原来那是它们俩的游戏。那段时间，我和小兔子形影不离，每次出门，爸爸总是一只手抱着我，另一只手提着兔笼子。

不久以后，我和爸爸要返回北京，我想把小兔子也带着，可是火车上不允许，为此我伤心地哭了一大场。在北京的日子，有几次我都想再养只兔子，但爸爸总嫌我太小，照顾不了它们，于是我总是期盼着自己快快长大，能养一只可爱的小兔子，让它做我永远的伙伴！

集体荣誉感很强的我，从小就透露出"认真"和"责任"。

歌咏比赛

9 月的一天，我们学校在多功能厅举行了一场别开生面的比赛。这场比赛的题目是——"讲文明、迎奥运、树新风"歌咏比赛，在这次大赛上，我们班获得了一等奖。现在回想起当时排练的过程，我仍然觉得就像昨天刚发生的一样。

为了准备这次歌咏比赛，那一段时间，我们班反复排练，每个同学的心情都很兴奋也很紧张。在一次排练课上，梁老师让我们再唱一遍《我爱奥运》这首参赛主题歌，大家立刻紧张起来。我也生怕唱错，但唱的第一个字就拐了调，第二个字的唱腔又有些高……听着自己发出的声音，我非常担心老师会说谁在捣乱！万幸的是，老师并没有这样说。其他同学也都认真地练习着，连一贯调皮的几个男同学也变得严肃起来，看起来紧张的心情可以传染。为了让我们尽快进入角色，梁老师不断鼓励我们，给我们打气。

比赛那天终于来临了。班里每一个同学都认认真真，按照平时的训练要求，唱完了比赛所有的曲目。很快校报公布了比赛结果，我们班获得了团体一等奖、优秀指挥奖、优秀伴奏奖，我真为我们的集体感到骄傲！

四年级学校开展的一次手工课，虽然没有做出像样的东西，但收获很大。

一次难忘的劳技课

今天，我们到劳技中心上了一堂劳动课。在那里我们学习了木艺和陶瓶的制作，但让我记忆最深刻的还是发生在这期间的几个小故事。

没有腿的小兔子

第一节课是木艺课，就是把薄木板用电锯切成自己想的造型。这可真是一个难得的机会，我正好用这个机会做一只我最喜欢的小兔子。说干就干，画底图、描样……很快，我的小兔子就出现在木板上了——哈哈，这真是一只漂亮的小兔子，细长的腿，漂亮的花裙子！下边就该模切了，随着电锯的启动，马达轰鸣，我却发现刚才那轻巧的小木板，现在一点都不听指挥了，在我手里扭来扭去，一会儿偏左，一会儿偏右，总是锯不准……哎呀，不好了，这一歪小兔子的腿被锯断了，小兔子的花裙子也撕破了……我伤心地看着小兔子对它说："对不起，小兔……"

看着这个没有腿的小兔子，我想，做一件事情没有经过长期的学习和训练，还真是不行呢！

"大力杨"帮了我

下午，我们开始上陶艺课。今天的陶艺课是学习做陶瓶。陶艺我以前在公园和商店玩过几次，所以这次我没有觉得有什么难的。于是看完老师的简单演示后，我就自信满满地开始动手了。可哪里想到，一开头就遇到了障碍——因为今天是用模具做陶瓶，首先就要用那种很粗的橡皮筋把原来两半的模具绑在一块。可我翻来覆去地折腾了三四次，每次都因力量不足而失败。我沮丧地看着四周忙碌的同学们，不知道该怎么办！这时我身边的鲁杨泰放下手中的模具过来帮我，只见他三下两下就撑开了皮筋，轻松地帮我把模具绑好了。

看着鲁杨泰轻松的样子，我一面嘀咕着"他还真是个大力杨"，一面想，其实在生活中有很多事情都需要相互帮助才能做得更好。我在心中暗自决定，以后我也要更积极、更热心地帮助同学们！

没有口的瓶子

上陶艺课的时候还发生了一件有趣的事情。当大家把所有做完的瓶子摆放在一起的时候，我发现有一个瓶子不仅没有瓶口，而且还比别人的瓶子低了一大截。原来它的主人上课时没有认真听讲，只顾东张西望了。老师在讲解陶瓶的制作工艺时，特别强调"因为石膏吸水，所以要注四次浆"，而他只注了一次浆，就进入了"晒干"的环节，所以当他打开模具时，就成了现在这个搞笑的样子。

　　这不由得让我想起了大家经常提到的"次品"，我想一定是生产它的人不够专注或者偷工减料。看来做任何事情，哪怕就像今天这样一个最简单的陶瓶，也要专注、细心、准确，才能保证做好。

对这篇日记老师的评语是："形象生动，妹妹的形象跃然纸上。"

"为什么"

"为什么"其实是我的表妹，我的表妹大名叫赵文翘。"为什么"是我给她起的小外号！因为她无论干什么，嘴边总是挂着一句"为什么？"

"为什么"性格开朗，十分好动，好像从来不会生气，甚至连你批评她时，她也会仰起红扑扑的小脸问你一句"为什么？"更为好玩的是，"为什么"虽是一个小女孩，但却很少哭，往往在摔跤之后，会毫不在乎地拍拍身上的土，挤着弯弯的眯缝眼儿向我傻乎乎地一笑，接着问"我为什么会摔跤？"

"为什么"还经常会说出很多可爱的话来。前一段时间，她的弟弟要出生了，"为什么"很高兴，她天天追着妈妈问"小弟弟会说英语吗？""小弟弟会拍球吗？""小弟弟会用勺子吃饭吗？"……"如果他不会，我一定要教他！"

我已有一年多没见到"为什么"了，但是一提到她，我就能想起她那胖嘟嘟的小脸蛋，两只可爱的羊角辫，我真希望暑假快点到来，早日飞到深圳去看望可爱的"为什么"！

聪明、善良的雪特立让我明白，只要有爱就有幸福。

爱能改变一切
——《小公子》读后感

我非常喜欢《小公子》这本书。它是美国著名作家柏奈特夫人撰写的一部小说，故事讲的是"无私"与"宽容"，故事的主人公是雪特立小公子。

雪特立是一个有着一头弯曲金发，长得非常清秀的小男孩，他勇敢善良，乐于助人。因为雪特立父亲和奶奶相继去世，雪特立的爷爷道林科特伯爵变得十分孤独。老伯爵请雪特立来陪伴自己，可他并不想接纳雪特立贫穷的母亲。为了让雪特立和他的母亲断绝母子关系，老伯爵想尽办法讨好雪特立。但是老伯爵意想不到的是，雪特立不但没有忘记自己的母亲，反而天天早晨去看望她，还经常给妈妈写信。雪特立不仅给妈妈带来了快乐，还为其他贫穷的人送去了幸福。最终，老伯爵被雪特立的一举一动感动，同意雪特立和母亲一起住进自己的城堡。不但如此，老伯爵在雪特立的影响下，逐渐从傲慢、固执、孤僻的人，变成了一个善良而富有爱心的人。

《小公子》这篇小说我读了两遍，我非常喜欢聪明、善良的雪特立，因为从他的身上我能看到——爱可以改变一切，只要世界充满了爱就充满了幸福和快乐！

终于知道了一个大秘密，圣诞老人原来是爸爸。

圣诞礼物

　　每年的圣诞夜，我都能收到圣诞老人送我的礼物。10 年的圣诞夜我仍旧期待着圣诞礼物的到来，可眼看着已到晚上十点，却不见圣诞老人慈祥的身影，我感到有些沮丧，不知不自觉地睡着了。那晚，我做了一个美丽的梦，梦见一位圣诞老人来到我家，他送我了好吃的糖果，然后依依不舍地走了。

　　第二天早晨，我刚睁开眼睛，还没来得及刷牙洗脸，就急忙往门外跑，一开门，眼前一亮，我发现梦中的那只袜子静静地站在门口，里面装满了五颜六色的糖果，不仅有糖果，还有一张圣诞贺卡，贺卡上写着："亲爱的小朋友，我来晚了，对不起！现在我把圣诞礼物送给你，祝你学习进步，健康快乐！"我一边大声读着，一边蹦跳着喊着妈妈，心情无比兴奋！

　　过了几天，我又摆弄着圣诞老人送我的礼物，妈妈走过来，摸摸我的头说："这些其实都是爸爸送你的礼物！"我疑惑地看着妈妈！妈妈告诉我：圣诞节前，她就已经收到了爸爸专门给我准备的圣诞礼物，就是那只用九个粉色小猪扎成的花束，但不巧的是，圣诞节那天，妈妈带回来的时候正巧被我看见，我就认为那是妈妈送给我的礼物，不是圣诞老人的礼物。所以，那天我迟迟不睡……等我睡着后，为了不让我失望，爸爸决定再替圣诞老人送给我一份礼物，当时已经是晚上 10 点多了，几乎所有的商店都关门了，爸爸跑了大半个城，只买到了一些糖果。回家后，爸爸加紧设计了一张贺卡，连同糖果一起装入圣诞袜中。

听了妈妈的讲述，我感到既温暖又难过，虽然由衷地体会到爸爸妈妈对我浓浓的关爱，但是真不愿承认圣诞老人是爸爸变的！

这几篇是二、三年级的日记，经过一年级的"磨炼"，已经可以写出一些完整句子了。

我的处女作

之一：河马爸爸和河马妈妈

上周绘画特长班上，我们画河马，小朋友们各自决定怎么画。有的画的是大大肥肥的河马，有的画的是高高瘦瘦的河马（看起来咋那么像长颈鹿呢！），我想了半天，觉得还是画个河马一家。只是后来时间不够了，只画了河马爸爸、河马妈妈……呵呵，我给河马妈妈穿上了"婷美"，给河马爸爸穿上了"阿迪达斯"！

之二：一顿吃了一公斤！

上周，我们期中考试。数学卷子里有一道题，"填上合适的单位和数字"，其中第四个小题是："你一顿饭要吃（   ）（   ）"，我填了个"1000 克"。

回到家，爸爸笑我：一顿饭吃了一公斤！

哎呀，还真是搞笑，不过这么看来，有人比我可厉害多了——我们班的那个大胖子安国良先生他竟然填了"2500克"！现在想想，难怪他那么胖！

不过不好玩的是，吃多了的这一顿，害得我被扣掉了两分，最后只得到98分！

之三：黑猩猩

语文作业让用"红、黄、绿、蓝、白、黑"这六个表示颜色的字各组两个"ABB"形式的词。

很快，我就组了"红艳艳、红彤彤，黄澄澄、黄灿灿，绿莹莹、绿油油，蓝盈盈、蓝晶晶，白花花、白茫茫"……到了"黑"字的时候，我只想出一个"黑乎乎"，实在想不出第二个了。于是，我就去查词典，结果费了九牛二虎之力，你猜我查着了个什么词？我查着了一个标准的"ABB"形式的词——"黑猩猩"！

哈哈哈，真好玩！

之四：冰激凌吃多了的米奇

星期五上绘画课，我们画的是世界上最著名的那个卡通人物"米老鼠"——米奇。

在画的时候，我把他画得比较瘦，因为在我的印象中，米老鼠是那种细胳膊细腿、大手大脚丫的形象。可是老师说我画得太小了。她拿起笔三下两下就把米奇的脸给改成了一个大大的盘子……结果，米奇的头和身子就不成比例了。我只好又把米奇的身子往大里画……就这样一会儿加大头，一会儿加大身子，可怜的米奇被我越画越胖，最后变成了一个大胖子老鼠。

看着这个大胖子米奇，我觉得实在有失我绘画的水准。于是我就给米奇送了一箱"北冰洋"牌冰激凌……哈哈，米奇现在变成一个大馋猫了……只见他手上拿着一个大大的冰激凌，挺着个大肚子……我给他命名"冰激凌吃多了"，呵呵，这样看起来好多了！

之五：听笑话

星期三中午吃完饭，我们还像往常一样坐在教室里听广播，广播里讲了一个笑话——

一天早晨，妈妈让汤姆拖地，汤姆说："昨天早上刚刚拖完的，它又脏了，我干吗要再拖它！"

下午汤姆放学了，他很饿，对妈妈说："妈妈，我饿了，赶快给我做点好吃的！"

妈妈说："你中午刚吃完饭，现在又饿了，我干吗给你做饭？"……

很多事情，我们在一生中，每天都需要面对，虽然很琐碎，也很麻烦，但这就是生活。如果我们不能每天都拖地，我们的家一定会变成一个脏脏的泥巴窝；如果我们不能开心地吃饭，那肚子一定会咕噜咕噜地提出抗议……并且，一个人要真是连饭都不需要吃了，那他一定少了很多快乐！

之六：在鼻子里转圈的鼻涕

我说："心思在我的脑袋里转着圈儿……"

妈妈说我的想法真奇妙。

爸爸笑着学我说："眼泪在眼圈里转着圈！"

我又说：“鼻涕在鼻子里转着圈！”这个说法惹得他们哈哈大笑。

爸爸妈妈都要看我的鼻子，说想看看本乌鸦（“小乌鸦”是我的奶名）的鼻涕在鼻子里是怎么转圈的！

之七：调皮男生

星期四中午快要吃饭时，一群男孩子自顾自地说起了悄悄话，结果大家排的队一下就变成了肚子鼓起来的大蟒蛇，扭来扭去，不知道谁在前边谁在后边了。

我和几个吃饭小组长冲这些小男生们大声地喊——“闭嘴！”可是，喊了半天，他们都不理我。巩烁同学还鼓着腮帮子，噘着嘴冲我做鬼脸……真是气死我了！我走到他跟前，双手用力地挤着他鼓起来的腮帮子，就好像挤着一个大气球，本想让他把嘴巴收回去，不料，“气球”倒是给挤得没气了，却弄个难看的“喇叭花”出来。

最后，实在没办法了，我只好让他们都站到最前边去，罚他们每人站五分钟，看着大家吃饭。

之八：兔爸兔妈祝我生日快乐！

今天是我 8 岁生日，爸爸昨天晚上从济南赶了回来。没想到，爸爸又送了我两只兔子，还是兔巴哥，爸爸说是兔爸兔妈。

那只小兔巴哥可是我的好朋友，从 5 岁生日那天起它就开始陪着我，一直到了今天，它现在有自己的兔爸兔妈了，我也有更多的兔子朋友了。

我爱兔巴哥，我更爱爸爸妈妈！

之九：观看黑叶猴

前天上午，姨父、姨姨、妈妈、姐姐和我去动物园。

我们来到小猴馆，看见了黑叶猴。它的脑袋上有着扇子似的棕色毛发，尾巴又短又粗，四肢也短。

黑叶猴很爱吃香蕉，一口一个。它们的房子里有舒服的床，猴子们从一个树枝跳到另一个树枝上，真快乐！

最后我们离开黑叶猴的时候，我的嘴里自言自语地冒出一句话："其实当猴子也挺好！"

之十：颐和园之旅

今天早上，我们去颐和园玩，姥姥、姥爷、两个姨姥姥、姐姐和我都去了。

从小南门进去，三拐两拐就看见了昆明湖，于是决定去划船。刚划了一会儿，我突然看见一面明亮的镜子在眼前晃动，搭眼一看，原来是太阳照射在湖面上反射出来的光影。

眨眼间，已经划过了十七孔桥，我看见了美丽的荷花园——大片大片粉色的荷花，绿色的荷叶。

划到佛香阁后，我们就下船往万寿山上爬。半路上我累了，妈妈为我加油。终于，终点站到了，我才有点依依不舍地离开了颐和园。

之十一：干啥都好

今天中午我睡了一大觉，一直到 2 点多。虽然这样很没意思，但上午我可以和姐姐拼白雪公主和七个小矮人的拼图，可以下楼编草，可以用松树上的黏液粘蚂蚁——这些小蚂蚁一会儿把家搬到东面，一会儿又把家搬到南面，一会儿搬到西面，一会儿又搬到北面，真可爱。

这么多游戏可以玩，我真高兴！

之十二：买菜

今天，姥爷带我去买菜。

菜市场里的菜有：白菜、白萝卜、红萝卜、葱……肉有：鸡肉、牛肉、羊肉、猪肉……面食有：面条、米、馒头、饼……水果有：枣、桃子、梨、苹果……

最好玩的是，姥爷忘了付钱，就拿走了葱，哈哈！

之十三：玩蚂蚁

今天我和姐姐决定下楼玩蚂蚁。

因为我们知道蚂蚁爱吃甜食，所以我们带了枣、葡萄、巧克力、牛肉干、饼干、胡椒粉。

我用一根牙签先插上了葡萄、枣，最后把巧克力插了上去，姐姐把胡椒粉包在纸里，饼干和牛肉干拿在手里。

下了楼，我们这一点、那一点地放东西，和蚂蚁玩了好久。

刚上一年级，爸爸要求我每天记下一句话。一贯听话的我有时也偷懒，于是有了这些可爱字迹。

咿呀学语
——最初的"习作"

2006 年 2 月 8 日 晴

我去深圳，看见深圳就像夏天一样！可是大人们说，na 是冬天！
可是花朵还在开，草还长，这是夏天？
不，这是冬天。

2006 年 2 月 9 日 晴

我从深圳 zuò 飞机回家，第一个早晨，我 xǐ 了兔子，第二天，我 xǐ 了小 xióng，jīn 天，我要 xǐ wà 子。

2006 年 2 月 10 日 晴

zuó 天我 jiǎn zhǐ jiǎn 得好看 jí 了！

我 xiān jiǎn 了粉红色的"来"字，又 jiǎn 了 huáng 色的 biān zhī。又剪了上面是 guì 子、下面是 bīng xiāng 的"chú shī"。你 zhī 道 zhè 位"chú shī"是为什么？

zhè 位"chú shī"是为了 fāng biàn。

2006 年 2 月 12 日阴

zuó 天我 gěi 小兔 zuó huá bǎn 车。
jīn 天我 hái yào gěi 小兔 zuó huá bǎn 车。

2006 年 2 月 13 日阴

jīn 天我 kuài gěi 小兔 zuó 好 huá bǎn 车了。

2006 年 2 月 14 日晴

我 zuó huá bǎn 车，zuó 呀 zuó 呀，车 gú lu wàng 了 zuo 呀。

2006 年 2 月 15 日晴

我 zuó 小兔子的 huá bǎn 车。
可是小兔 bìng 不高兴。
也不知 dào 它是怎么回事。

后记

《让时光逆流》终于要诞生了。它是一个少女的成长手记，更是一个孩童如何蜕变为青年的见证。

《让时光逆流》一书由三个部分组成，依次是"求索青春""风华少年""青涩童言"，分别收集了我在高中、初中、小学阶段的一些随笔、日记、作文等，这些文字分别反映了我在不同成长阶段的心理特点或者心路"历程"。反复斟酌后，我决定将本书文字以"倒叙"形式编排，一则是因为从时间顺序看，青春期的文字离我最近，我更为熟悉；二则是因为我内心里实在不想长大，希望时光真得能够"逆流"。

《让时光逆流》一书最终成形，主要是得到了爸爸、妈妈的鼎力支持和帮助。在我5岁的时候，爸爸首先帮助我建立了"小乌鸦的树林子"个人博客，这使我儿童时期的文字和图片得以保留，"青涩童言"的大部分文字都摘于此。妈妈在繁忙的工作之余，帮助我整理打印了初中和高中阶段的大部分"日记"，还有她认真收藏多年的零七八碎的"随笔"，并和我一同讨论挑选了其中较有"价值"的文字，编排成"求索青春"和"风华少年"篇章。

感谢张楚叔叔为我的书稿作序，在我看来那些并不成熟和完美的文字却得到张楚叔叔毫不吝啬的赞美和褒奖，真的十分意外，也确实感到莫大的荣耀、受到莫大的鼓舞；感谢出版社的叔叔、阿姨们为此书的编辑和出版给予的诸多指导和帮助；感谢我的老师、我的同学、我的亲朋好友们在我成长过程中给予我的爱和友善——因为我知道，是他们让我的文字在脑海中恣意地流淌。

《让时光逆流》是我的第一部作品集，还十分稚嫩，也肯定存在许多不足，我愿意真诚地接受各方读者的批评和指正，并以此作为"拾遗补阙"的桥梁，推动自己不断完善和进步。

2016 年 5 月 20 日

181